AF344811

Les orphelins

Rémi à la guerre

TOME 2

Jean-Baptiste Renaud

Les orphelins
Rémi à la guerre

TOME 2

ROMAN

David

Catalogage avant publication de Bibliothèque et Archives Canada

Renaud, Jean-Baptiste 1951-, auteur
    Les orphelins / Jean-Baptiste Renaud.

(14/18)
Sommaire : Tome 2. Rémi à la guerre.
Publié en formats imprimé(s) et électronique(s).
ISBN 978-2-89597-443-7 (vol. 2). —
ISBN 978-2-89597-501-4 (vol. 2 : pdf). —
ISBN 978-2-89597-502-1 (vol. 2 : epub)

    I. Titre. II. Titre : Rémi à la guerre. III. Collection : 14/18

PS8635.E5222O77 2014   jC843'.6   C2014-906842-5
                                        C2014-906843-3

Les Éditions David remercient le Conseil des arts du Canada,
le Bureau des arts franco-ontariens du Conseil des arts de l'Ontario,
la Ville d'Ottawa et le gouvernement du Canada par l'entremise
du Fonds du livre du Canada.

Les Éditions David
335-B, rue Cumberland, Ottawa (Ontario) K1N 7J3
Téléphone   : 613-830-3336 | Télécopieur   : 613-830-2819
info@editionsdavid.com | www.editionsdavid.com

*À un vrai combattant,
Serge Gravelle, qui garde
le sourire même dans l'adversité...*

Prologue

Et voilà que ça recommençait…

– Grand-papa, reprit le jeune, votre vie pas si ordinaire avec votre oncle méprisable et votre tante Rose, avec Luc-John et ses légendes du Grand Manitou et avec Conrad, le trappeur, a été bien rendue. J'ai aimé particulièrement vos rencontres avec le renard et, plus tard, votre découverte du corps décharné de votre père. Vous devriez maintenant parler de la période la plus fascinante, votre participation à la Seconde Guerre mondiale.

Fascinante ? Je ne crois pas que j'aurais choisi ce terme pour décrire une période aussi sombre de mon adolescence, même s'il y eut de bons moments. Ce n'était pas un sujet que j'abordais de gaieté de cœur et pourtant, il y avait bien quelque chose à conter.

Je me revis un matin d'automne ensoleillé à la gare de Saint-Pascal, le village le plus proche de ma forêt d'Abitibi, à attendre le train pour aller à la guerre retrouver mon grand ami Conrad.

CHAPITRE 1

L'armée

Mon tout premier voyage en train fut loin de m'enthousiasmer. J'occupai les heures et les kilomètres à regarder la forêt défiler à ma fenêtre. Le train s'arrêtait à tous les villages et parfois en plein champ, pour laisser monter et descendre des passagers ou pour décharger des marchandises. Je passai la nuit à dormir dans un wagon assombri, presque vide. Au petit matin, je fus réveillé par les secousses et le ballottement du train ralentissant à l'entrée de Montréal. La vue sur l'arrière-cour des maisons me captiva un bon moment. Quel genre de vie ces gens-là pouvaient-ils bien mener ?

Dans le grand hall de la gare Windsor, l'atmosphère était fébrile. Je n'avais jamais vu autant de gens affairés circulant dans tous les sens, complètement indifférents à ma présence. Au kiosque à journaux, je lus à la une de *La Patrie* : « La 5ᵉ armée franchit le *Volturno* au sud de Rome. » J'étais soulagé d'apprendre que je m'enrôlais dans une armée qui avançait plutôt que de reculer.

Partout à la gare, d'immenses affiches invitaient les passants à faire leur devoir patriotique.

Sous le slogan en grosses lettres de « Allons-y...
CANADIENS ! », l'une d'elles montrait un soldat sans casque, pointant son arme munie d'une
baïonnette, prêt à frapper, devant un immense dra-
peau britannique claquant au vent. L'artiste avait
peint le gars la bouche grande ouverte, comme s'il
hurlait sa rage et sa détermination face à l'ennemi.
J'eus l'impression que le pauvre type exprimait
plutôt sa surprise de se trouver l'arme à la main.
Malgré moi, je l'entendais crier : « Oh mon Dieu !
Qu'est-ce que je fais là ? » Sur une autre affiche
tout aussi grande, intitulée « *LICK THEM over
There! COME ON CANADA[1]!* », un soldat portant
une arme toujours munie d'une baïonnette, enjam-
bait l'Atlantique, un pied au Canada et l'autre en
Angleterre, où flottait fièrement l'*Union Jack*.

– Excusez-moi, Monsieur, savez-vous où se
trouve le bureau de recrutement de l'armée ?
m'informai-je, tout fier, au premier passant.

L'homme pressé ralentit à peine, me regarda
comme si je me moquais de lui et continua sa
route. J'étais sans voix. « Tu parles d'un air bête.
J'espère qu'ils ne sont pas tous de même », me dis-
je, frustré. Le suivant, accompagné d'une jeune
femme, me considéra, étonné.

– T'es juste en face, tabarnac ! me cria-t-il, un
peu irrité, alors que la jeune femme éclatait de rire.

Je rougis. Eh bien, oui. J'étais juste en face.
Curieux que je n'aie pas remarqué tous les drapeaux et les affiches décorant l'entrée du local.
Il n'y avait pas grand monde là, sauf un vieux
militaire assis derrière une machine à écrire,
au fond de la pièce. Sur les murs, des pancartes

---

1. Allez les battre là-bas ! En avant, Canada !

encourageaient les Canadiens à ramasser de la ferraille ou encore à se taire, car il y avait des espions partout, absolument partout. Une rangée de classeurs longeait le mur du fond. Au-dessus trônait une immense photo encadrée de Sa Majesté George VI, roi du Royaume-Uni et des Dominions britanniques d'outre-mer et empereur des Indes, flanquée de chaque côté de petits drapeaux britanniques. Près des classeurs, une porte menait à la salle d'examen médical située à l'arrière de la pièce. Au centre, trois rangées de chaises vides attendaient d'accueillir la multitude. Dommage, il n'y avait que moi.

Le vieux soldat, sans doute un vétéran de la Grande Guerre, portait l'uniforme de son régiment, aux plis impeccables et aux boutons de laiton bien astiqués. Ses cheveux clairsemés poivre et sel, courts et bien huilés, étaient peignés bien à plat sur son cuir chevelu et séparés par une belle raie amenant le tout de gauche à droite. Il s'était agrémenté le visage, pâle aux pommettes rouges, d'une immense moustache blanche en forme de guidon, qui rivalisait avec ses sourcils broussailleux. Je m'approchai, hésitant et un peu intimidé. À vrai dire, étant donné tous les drapeaux britanniques dans la pièce, je doutais qu'il s'agisse du bon endroit pour s'enrôler dans l'armée canadienne.

Le monsieur dactylographiait à deux doigts et cette activité accaparait toute son attention. À chaque faute de frappe, il pestait. Craignant de le déranger, j'attendis patiemment. Il aboya sans prendre la peine de me regarder :

– Pick up a form on the next table, fill it out and return it to me[2].

Je compris « Pique hop... tout mi » et pour le reste, mystère. Pris de court, je me demandais s'il m'adressait la parole ou non. Un coup d'œil rapide autour de la pièce confirma que j'étais la seule personne dans les parages. Mais que diable me disait-il ? Comme je demeurais silencieux, le vieux monsieur s'ébroua bruyamment, toujours concentré sur la machine à écrire. Il répéta plus fort : « Pique hop... tout mi ». La communication ne passait toujours pas. Enfin, il releva la tête, me zieuta longuement et beugla, impatient :

– Well, what is it[3] ?

Son visage s'éclaira. Il comprit que je devais être *l'un de ceux-là*.

– Gawthier, there's another one here for you[4], cria-t-il, tout en regardant au fond de la salle vide.

Faute de réponse, il s'époumona de plus belle :

– Gawthier!

Et, encore plus fort :

– Gawthier!

Puis, en marmonnant à lui-même : « *Blast! Where is that silly bugger*[5] ? »

Enfin, un homme du même âge et du même gabarit que lui, sauf que son chef était complètement dégarni, sortit de la pièce d'en arrière.

– Yes, Sargeant[6], répondit-il, empressé.

---

2.   Prenez un formulaire à la table voisine, remplissez-le et remettez-le-moi.

3.   Eh bien, de quoi s'agit-il ?

4.   Gauthier, il y en a un autre ici pour toi.

5.   Misère, où est cet idiot ?

6.   Oui, Sergent.

          Les orphelins. Rémi à la guerre

— Gawthier, this gentleman here wishes to do his duty for the King and Empire. Would you kindly see to him[7]? déclara l'autre sans plus se préoccuper de moi, reprenant son combat épique contre la machine à écrire.

Gauthier s'assit à la table en face de moi et se mit à me parler en anglais. Devant mon air idiot, il passa au français.

— C'est pour t'enrôler ?

Je fis oui de la tête. Il me regarda de plus près.

— T'as quel âge ?

— Dix-huit ans, Sergent, assurai-je, d'une voix aussi mature que je pouvais, ne voulant pas créer le moindre doute.

En fait, j'avais seize ans et tout fait pour vieillir mon apparence. J'espérais qu'il accepterait ma réponse sans discuter. Toutefois, il se préoccupa encore davantage de son rang militaire.

— Je ne suis pas sergent, mais caporal, précisa-t-il, les lèvres pincées.

— Pardon, Caporal, dis-je, sincèrement désolé de l'avoir humilié sans m'en rendre compte.

À son ton, j'avais conclu que le grade de caporal était supérieur à celui de sergent, mais, en réalité, j'appris plus tard que c'était tout le contraire.

— Baptistaire, me demanda-t-il, d'un air ennuyé.

Je lui remis un document que j'avais expressément vieilli avec de l'eau, de la saleté et de la chaleur. Le papier était troué aux plis et la date de naissance, le 23 février 1925, à peine lisible. Il l'examina longuement.

— T'as pas de meilleure copie ?

----

7. Gauthier, ce monsieur désire accomplir son devoir envers le Roi et l'Empire. Peux-tu t'occuper de lui ?

Comme je fis non de la tête, il ajouta :

— C'est curieux. Sur ton baptistaire, t'es né en février 1925 alors que t'as été baptisé au mois de juillet 1927. Plus de deux ans plus tard, je n'ai jamais vu ça auparavant.

Où avais-je la tête ! Je m'étais soucié de modifier la date de naissance sans penser à l'année du baptême. À l'époque, les familles baptisaient leur nouveau-né le dimanche suivant la naissance, pour lui épargner l'éternité dans les limbes en cas de décès. Alors, j'expliquai :

— Je suis né l'hiver sur une ferme isolée de l'Abitibi, à une vingtaine de kilomètres de la paroisse la plus proche. Mon père m'a baptisé à ma naissance pour assurer mon salut. Ce n'est que lorsque l'église a été construite au village voisin, deux ans plus tard, que j'ai été baptisé là.

Le caporal Gauthier était au courant de cette pratique dans les campagnes et se reprit sur un autre front pour découvrir la vérité.

— Ouin bien, ton baptistaire est à peine lisible. Va à ta paroisse en demander une autre copie. Tu reviendras quand tu l'auras.

— J'aimerais bien faire ça, Caporal, répondis-je, apparemment désolé. Mais je viens d'arriver de la paroisse de Saint-Marc-des-Pins dans le Nord, à une demi-journée de train d'icitte. Ça va me prendre un autre deux à trois jours pour aller là-bas et revenir avec un nouveau baptistaire, sans compter que l'aller-retour en train va me coûter une autre vingtaine de piastres, montant que je n'ai pas, mentis-je.

— Tu peux toujours leur écrire, répliqua le caporal, bien déterminé à aller au fond des choses.

– Mais, Caporal, la poste va prendre une éternité, protestai-je. J'viens d'arriver à matin. Je n'ai pas de place où rester en ville. J'ai juste assez d'argent pour me payer une chambre le temps d'entrer dans l'armée. Après ça, je suis dans la rue.

Pour le convaincre une fois pour toutes, j'ajoutai très solennellement, en bon chrétien et assez fier de mon argument massue :

– Je suis prêt à jurer sur la Bible que j'ai dix-huit ans. Pourquoi mentirais-je, au risque de passer l'éternité en enfer, rien que pour entrer dans l'armée ?

Le caporal me regarda curieusement. Je crus un instant en avoir trop mis et gâté la sauce. En fait, il était préoccupé par l'incident médiatisé du jeune Drouin de Trois-Rivières. Après avoir réussi à s'enrôler, le garçon de quatorze ans avait été parmi les premières pertes du débarquement en Sicile. Des gens s'étaient plaints. Les journaux avaient exigé plus de rigueur dans la vérification de l'âge des recrues. Soucieux d'éviter les critiques, le caporal entra dans une longue discussion en anglais avec le sergent sur l'authenticité du baptistaire. Le sergent prit le document et le scruta à son tour. Comme tout était en français, il n'y comprenait rien, ce qui ne l'empêcha pas d'exprimer son opinion. En conclusion, le sergent me demanda de jurer sur la Bible, ce que je fis sans aucune hésitation. De toute évidence, c'était ma journée pour mentir pas rien qu'un peu. Que n'aurais-je pas fait pour retrouver Conrad !

*   *
*

La salle d'examen médical n'était pas très grande. Il n'y avait aucune fenêtre et rien sur les murs, à part un tableau pour le test de la vue et une affiche montrant une jolie jeune femme et l'en-tête « *She may look clean – but*[8]... » et plus bas « *You can't beat the Axis if you get VD*[9]*!* » En plus de la table de consultation, je vis une pesée et une toise pour s'assurer que j'avais bien le bon poids et la bonne taille pour tuer au nom de l'Empire. Je me réfugiai derrière le paravent dans un coin, le temps de me dévêtir. L'examen médical se voulait exhaustif : échantillon d'urine, pression sanguine, tapotement, auscultation, examen de la vue, des yeux, des oreilles, de la gorge et de l'entrejambe, toujours un peu embarrassant. Autant les deux vétérans à l'inscription s'étaient souciés de mon âge, autant le médecin militaire s'en moquait royalement. À la fin, il écrivit sur ma fiche d'évaluation, « catégorie A », soit pour signifier « excellent » ou, tout simplement, « acceptable ».

*   *

*

— Tout est en ordre, me dit le caporal Gauthier. Tu reviendras lundi matin à neuf heures pour prêter serment et signer tes papiers.

— *Welcome into the Canadian Army*[10], cria le vieux soldat en se mettant au garde-à-vous.

Je fus surpris de l'entendre, celui-là. « Qu'est-ce qu'y dit ? Me parle-t-il ? » Devant mon regard

---

8. Elle a peut-être l'air chaste et pure, mais...

9. Vous ne pouvez pas vaincre l'Axe si vous avez une MTS !

10. Bienvenue dans l'armée canadienne.

     Les orphelins. Rémi à la guerre

interloqué, le caporal me répéta les mots d'accueil de son collègue en français.

— Bien heureux, moi aussi, d'être là, répondis-je en me mettant au garde-à-vous et en faisant ce que je croyais être un salut militaire.

Le vieux soldat me rendit mon geste de façon impeccable. Apparemment, j'avais affaire à un vrai spécimen de cette armée qui se voulait plus *British* que les Britanniques.

— Je me demandais, Caporal, si ce serait possible de me mettre dans le même régiment que Conrad Martin ?

— Tu veux être dans le régiment du major Martin ? me demanda-t-il, incrédule. Puis il se retourna et dit au sergent :

— *He says he wants to join Major Martin's regiment*[11].

Le sergent parut tout aussi étonné que lui.

— *By Jove! Under Atten...Shun Martin! He is a daring little fellow, isn't he*[12]*!*

— On va voir ce qu'on peut faire, promit le caporal, sans s'engager davantage.

Je découvris plus tard que du moment que tu prêtais serment et signais tes papiers, l'armée décidait du où, du quoi, du quand et du comment de ta vie — pour la durée de ton service. Je n'aurais plus un mot à dire sur rien et encore moins sur la possibilité de rejoindre Conrad. De plus, j'apprendrais bientôt que la famille Martin était prolifique et que le *Atten...Shun Martin* n'était pas celui que je recherchais.

---

11. Il dit qu'il veut se joindre au régiment du major Martin.

12. Mon Dieu, sous « Garde-à-vous » Martin ! C'est un petit bonhomme bien audacieux, n'est-ce pas !

*   *

*

Comme je n'avais nulle part où habiter à Montréal, le caporal me recommanda la maison de chambres et pensions de sa belle-sœur, dans le quartier Saint-Henri. C'était une maison en rangée à toit mansardé, avec de la brique rouge aux deux premiers étages, une galerie au rez-de-chaussée fraîchement peinte en jaune et gris bleu, et de belles grandes fenêtres en façade. Le toit était orné de lucarnes et recouvert de tôle à baguette argentée. En entrant par une belle grande porte sur le côté, je fis face à l'escalier montant au premier. À droite de l'entrée principale se trouvait le salon et, au bout du couloir, la salle à manger suivie de la cuisine. À l'étage, il y avait trois chambres à coucher et une salle de bain et, sous les combles, deux autres chambres réservées aux pensionnaires et une salle de couture.

La maîtresse de la maison, Mme Bonhomme, un petit bout de femme autoritaire au cœur d'ange, se souciait du bonheur de tout un chacun, bien malgré eux.

— C'est Robert qui t'a envoyé ? s'enquit-elle. Comme ça, tu t'es enrôlé dans l'armée ?

Je fis oui de la tête.

— C'est trois piastres pour la semaine, quatre avec pension, payables en arrivant et tous les dimanches par la suite, si tu restes plus longtemps. Il y a certaines règles à suivre : pas de boisson et pas de femmes, précisa-t-elle en s'assurant que j'avais bien compris. C'est une maison respectable icitte. La porte d'entrée est barrée à dix heures tous les soirs. Tu peux demander une clé si tu prévois entrer plus tard.

Je compris à son air pincé qu'entrer plus tard était bien mal vu. Comme la place était propre, la chambre belle et le prix accommodant, j'acceptai l'arrangement. Au souper, Mme Bonhomme me présenta aux autres locataires : un commis voyageur et un ouvrier. Elle avait dû remarquer la liasse de billets dans mon portefeuille, que j'avais ouvert pour la payer, car elle m'arrêta le lendemain matin.

– Mon petit monsieur, je ne veux pas me mêler de ce qui ne me regarde pas, me dit-elle avant de se mêler de ce qui ne la concernait pas, mais on ne sait jamais. On peut être victime d'un vol même dans les meilleures maisons. Si j'étais vous, j'ouvrirais un compte à la caisse populaire plutôt que de me promener avec autant d'argent. Vos économies y seront en sûreté le temps que vous êtes dans l'armée. Vous pouvez faire un retrait quand vous voulez. Puis ça vous rapportera un pour cent d'intérêt si vous choisissez un compte d'épargne. Une très, très bonne affaire, précisa-t-elle, les yeux pétillants.

Avant que je puisse dire ni oui ni non, elle ajouta :

– Vous viendrez avec moi cet après-midi. Le gérant est mon petit neveu. Il va tout vous arranger ça en un rien de temps et vous vous sentirez bien mieux après, je vous le garantis. Inquiétez-vous pas, ce n'est pas de dérangement pour moi. Bien franchement, ça va me faire plaisir de vous aider.

Et c'est comme ça que j'ouvris un compte d'épargne à la caisse populaire de la paroisse. J'imagine que certains auraient été offensés par le grand nez de Mme Bonhomme. Eh bien, moi non.

J'étais content de son attention. « Ça fait au moins une personne dans le monde qui s'inquiète pour moi », me dis-je.

Le dimanche, toute la maisonnée devait la suivre à la messe pour respecter un autre règlement non écrit, mais *sine qua non* pour habiter là : être un bon catholique pratiquant. En revenant de l'église, comme c'était ma dernière journée de liberté avant d'entrer dans l'armée, Mme Bonhomme enjoignit sa fille, Dorette, de m'amener visiter la ville.

— Où t'aimerais aller ? me demanda Dorette, tout excitée de passer l'après-midi à se promener.

— Au *Golden Square Mile*, répondis-je, curieux de visiter cet endroit mythique décrit par Conrad.

— Le *Golden Square Mile* ! Sais-tu, j'suis jamais allée là. Ça va faire différent de l'oratoire Saint-Joseph. Tout le monde veut visiter ça. Si tu savais comme je suis tannée d'y aller, ajouta-t-elle à voix basse de peur d'être entendue de sa mère.

Enthousiasmée, elle me prit par le bras et nous sortîmes de la maison prendre le « p'tit char ». Le luxueux quartier se trouvait sur une pente du mont Royal, dans le secteur centre-ouest de Montréal. Chaque rue était bordée de riches et somptueuses demeures, chacune plus grande et plus ornée que l'autre. De riches châteaux avec des tourelles côtoyaient de grosses maisons en brique rouge aux allures victoriennes et d'autres demeures alliant un heureux mélange de styles. Sur l'avenue des Pins ouest, on s'attarda devant l'immensité de la maison Hugh Allan, en pierre grise, qui devait comprendre près d'une centaine de pièces. Songeur, je me demandais dans quel genre de luxueuse cabane Conrad avait habité.

– Un jour, je vivrai dans un palais comme ça, déclara Dorette, le plus sérieusement du monde.

Je ne dis rien, incapable de m'imaginer vivre dans un endroit semblable.

– Quoi ! Tu ne me crois pas ? me reprocha-t-elle, d'un air de défi.

Surpris par sa question, je la regardai longuement. Dorette n'avait pas le teint éclatant d'une star de cinéma. Elle avait pourtant un beau visage, des yeux noisette espiègles et un sourire désarmant, le tout encadré de cheveux bruns ondulés. Son regard me révéla sa farouche détermination de réussir et, surtout, son ardent désir d'atteindre l'inimaginable. Moqueur, je lui dis en riant :

– Bon, bon, tu vas marier quel grand lord anglais pour faire ça ?

– Aye ! Pour qui tu me prends ? répliqua-t-elle, piquée au vif, en me rouant de claques sur les bras et l'épaule.

– OK ! OK ! protestai-je, en évitant les coups. J'ai bien peur qu'il n'y ait pas grand-chose ni personne qui va t'arrêter.

Elle cessa de me frapper et accepta le compliment. Nous continuâmes à contempler les belles demeures et à admirer les Rolls Royce et les Bentley stationnées le long des rues ou filant à vive allure. J'imaginai Conrad dans l'une de ces voitures rutilantes. En marchant plus loin sur des Pins, on remarqua, à travers les branches d'une haie, des joueurs de boules. Dorette me prit la main, et nous nous dirigeâmes vers l'entrée. Un grand panneau vert annonçait en lettrage blanc : « *Royal Montreal Lawn Bowling Club, For members only, No Jews*

No Dogs[13] ». Dorette ouvrit la porte de la clôture en fer forgé, et nous entrâmes sans être remarqués. L'aire de jeu, un vaste parterre de gazon impeccable, s'étendait devant le *club-house* : un pavillon plain-pied vert pâle d'un étage, entouré sur trois côtés d'une véranda couverte et agrémentée de jolis paniers suspendus débordant de fleurs multicolores, encore belles pour le temps de l'année. Sur le terrain gazonné, des joueurs s'affrontaient, tous des hommes vêtus d'un blanc impeccable. Un joueur se positionna sur le petit tapis de départ et roula sa boule à quelques centimètres d'un cochonnet blanc, situé à une vingtaine de mètres de lui. Son équipe, d'un flegme parfait, ne réagit pas. En fait, personne ne broncha !

C'était fascinant et tellement bizarre de voir rouler la boule. Écrasée aux pôles, elle adoptait en roulant une trajectoire elliptique devenant encore plus prononcée quand elle ralentissait. Pour atteindre la cible, le joueur devait doser sa force et sa ligne de tir pour compenser le roulement en courbe. Deux joueurs de l'équipe adverse tentèrent, sans succès, de déloger le cochonnet. Le point semblait assuré, lorsque le dernier joueur de l'équipe s'approcha du tapis. C'était un vieux monsieur qui n'avait pas l'air bien solide sur ses jambes et, pourtant, le roulement de sa boule fut parfait. Elle frappa la boule adverse, l'envoyant plus loin, et prit sa place près du cochonnet. Son équipe, comme l'autre, resta impassible.

– Oh ! s'exclama Dorette, devant un si beau coup.

---

13. Club Royal Montréal de boulingrin, Réservé aux membres, Interdit aux Juifs et aux chiens.

Les joueurs jusque-là préoccupés par la partie entendirent son enthousiasme. Un gardien s'avança aussitôt vers nous, l'air sévère.

— *This is private property. For members only. Please leave*[14].

— Mais on ne fait rien de mal, rétorqua Dorette, en colère.

— Vous êtes mieux de partir avant que j'appelle la police, répliqua l'autre, cette fois en français.

— *Vous êtes mieux de partir...* se moqua Dorette, d'une petite voix irritante. Les maudits Anglais ne sont pas mieux que les Allemands dont ils se plaignent tant. Pas de Canadiens français! Pas de Juifs! Pas de chiens! envoya-t-elle, furieuse.

Elle sortit du terrain en ralentissant sa démarche pour l'ennuyer encore plus. Le gardien haussa les épaules avant de retourner à ses affaires, content que nous soyons partis. Dorette ne fut plus parlable pendant un bout de temps, prise par ses démons. Ce n'est qu'après s'être arrêtée au restaurant pour un soda et une pointe de tarte, qu'elle retrouva sa bonne humeur.

— Quand tu vas être parti dans l'armée, je vais t'écrire tous les mois, me promit-elle, d'une manière inattendue.

Je ne sus pas quoi répondre, trop embarrassé de lui révéler que je savais à peine lire et écrire. Dorette tint parole. Elle m'écrivit tous les mois et même plus pour me conter la vie du quartier et les aventures de la maisonnée, des pensionnaires et de sa mère. Ses missives devinrent pour moi une bouée de sauvetage. Elles me rappelaient que,

---

14. Il s'agit d'une propriété privée. Pour les membres seulement. Veuillez quitter les lieux.

malgré la mort et la désolation autour de moi, il existait un monde normal, après tout, quelque part. Je m'efforçais de déchiffrer, seul, chacune de ses lettres, même si ça me prenait du temps. Un copain du peloton, Charlie, m'aidait à l'occasion. Il aimait réviser les quelques paragraphes que j'envoyais en retour. En fait, il était curieux de savoir comment je m'y prendrais pour écrire certains mots et s'émerveillait souvent de mes tournures, ma foi, assez originales. Finalement, par ses encouragements et grâce à ses leçons particulières, j'appris à lire et à écrire. J'étais une de ses bonnes œuvres, « pas tout à fait désespérée », comme il se plaisait à dire. Et tout ça, parce que Dorette m'écrivait tous les mois.

À mon départ, Mme Bonhomme me fit promettre de revenir chez elle pendant le temps des Fêtes ou toutes les fois que je serais en permission. Ce que je promis bien sûr. J'avais le cœur lourd en les quittant, car il me semblait avoir trouvé une nouvelle famille.

CHAPITRE 2

Garde-à-vous !

Le lundi matin, une vingtaine d'hommes attendaient dans le bureau de recrutement. La plupart sortaient à peine de l'adolescence et deux vieux frôlaient la trentaine. Ils paraissaient tous issus du même moule, un mètre soixante-cinq, soixante-dix kilos, les yeux et les cheveux bruns. Parmi eux se trouvaient des journaliers, des commis, des collégiens, un enseignant et quelques chômeurs, tous un peu anxieux de ce qui les attendait. La majorité s'exprimait en français, donc… tout se fit en anglais. Sans doute présumait-on, dans la très royale armée, que tout le monde rêvait de parler la langue de Sa Majesté. J'avais intérêt à l'apprendre *rapido presto*. Après avoir prêté serment en chœur à la couronne britannique et signé nos papiers, on entendit quelqu'un hurler :

— *Everybody out!* Tout le monde dehors !

À l'extérieur, debout à l'arrière d'un camion, un gars criait à tue-tête. Trois galons jaunes en forme de « V » marquaient les manches de sa tunique :

– *Get in the truck!* Enweillez, enweillez dans le *truck*!

Je m'empressai de monter à bord. Entassés sur un banc latéral en acier, nous bondissions à chaque cahot comme des sardines sorties de l'eau, et ce, jusqu'au manège militaire du mont Royal. L'imposant édifice avec ses tours de maçonnerie, ses créneaux, ses arcades et ses portes massives évoquait un ouvrage militaire médiéval. En arrivant devant l'entrée, le galonné revint à l'arrière du camion et recommença à gueuler comme un défoncé :

– *Get out and line up!* Sortez et en rang!

Sortir du camion ne requiert pas de formation militaire particulière, mais se mettre en rang est une tout autre histoire. Comme personne ne savait comment s'y prendre, le gars avec les galons se remit à crier de plus belle :

– Eille, toi, avance d'un pas! Toi là, recule! Et ainsi de suite, en français aussi bien qu'en anglais, alors qu'il devenait de plus en plus rouge de frustration.

Enfin, nous formions un rang bien droit, ou peut-être s'était-il découragé devant une telle bande d'abrutis. Quoi qu'il en soit, il rugit :

– *Right Turn – Quick March!* À droite – tournez! Pas cadencé – marche!

Toute ma vie, j'avais tourné à droite sans problème et, pourtant, ce matin-là, le mot avait disparu de mon vocabulaire. Je n'étais pas le seul avec un trou de mémoire. Finalement, nous entrâmes dans le bâtiment. La porte principale donnait sur une vaste et vraiment immense salle d'exercices, cintrée de fenêtres qui procuraient une luminosité impressionnante. Dans la grande salle, d'autres gars avec des galons jaunes sur les manches nous attendaient et se mirent à crier à leur tour. Sans doute, croyaient-ils qu'une recrue devenait sourde dès qu'elle signait ses papiers. J'appris alors que crier est contagieux, car sans m'en rendre compte, je me mis à hurler à mon tour :

– OUI, SERGENT! NON, SERGENT!

À tout bout de champ, les gars aux chevrons nous corrigeaient, car ils étaient pointilleux sur la hiérarchie. Un gars avec deux bandes pointant vers le bas nous cria qu'il n'était pas sergent, mais caporal. Emporté par la confusion, j'appelai par mégarde caporal un gars avec trois bandes et une couronne sur le dessus, une erreur monumentale et ahurissante à ce qui paraissait, car ce haut gradé tenait mordicus à son rang de « sergent d'état-major ».

– *Are you daft? Can't you see I'm the Staff Sargeant*[1]*!* m'engueula-t-il vertement, d'un ton méprisant.

Devant mon regard idiot d'incompréhension, il conclut que j'étais sûrement le plus grand des imbéciles. S'il avait pu me rétrograder plus bas que simple recrue, il l'aurait fait sur-le-champ, mais justement, j'étais déjà, heureusement pour moi, dans les bas-fonds.

– Oui... er... *Ya... Yes...* Sta...ffe Sergent! balbutiai-je timidement, avec toute la peine du monde.

– *YESSS, StaFFF sAAAr...Geant!* articula-t-il lentement à quinze centimètres de mon nez pour s'assurer que j'avais bien saisi toutes les nuances de la prononciation en anglais.

---

1. T'as pas de tête ? Tu ne vois pas que je suis le sergent d'état-major!

– *Yes, Staff Sargeant*, répétai-je du mieux que je pus.

Ma prononciation le fit grincer des dents. Je m'attendais au pire. Heureusement, son attention fut attirée par l'entrée remarquée de l'adjudant dans la salle, un gars avec les armoiries du Canada cousues sur les manches plutôt que des galons. De toute évidence, le nouveau se prenait pour quelqu'un d'important, et les gars avec les galons lui donnaient raison puisqu'ils se mirent à courir vers lui, les yeux brillants. À un moment, je crus qu'ils allaient se mettre à genoux et lui baiser la main.

J'étais soulagé que le sergent d'état-major ne m'ait plus dans sa mire et heureux que les sous-officiers aient trouvé autre chose pour s'occuper que de nous crier après tout le temps, comme des malappris. Une des recrues, témoin de mon échange avec le sergent d'état-major, me chuchota :

– Je le connais, ce crisse-là. C'est le *Staff Sargeant* Fortier, un petit Canadien français comme toué puis moué. Un autre qui se prend pour un maudit Anglais. C'est les pires, grommela-t-il, dégoûté.

En effet, dans la semaine qui suivit, le sergent d'état-major Fortier se plut à corriger mon accent en anglais à la moindre occasion. Ce fut la même chose avec tous les officiers. Il était clair dans leur esprit que je serais un parfait petit *English* à mon départ de là. Tout ça m'amena à conclure que dans la très royale armée de Sa Majesté, plus l'officier était gradé, moins il parlait français !

Après s'être empressés autour de l'adjudant, les sous-officiers se remirent à s'énerver, à courir et à crier. Il fallait bien qu'ils montrent au grand patron qu'ils étaient à leur affaire. Un sergent s'avança vers mon collègue et moi en hurlant :

– *You two, find yourselves brooms, and start sweeping*[2] !

– *Yes, Sargeant*, cria l'autre.

Je m'empressai de l'imiter et de le suivre au pas de course, sans savoir au juste ce qu'on attendait de moi. Après un certain temps, il trouva le placard du concierge.

– Il a dit de balayer la grande salle, m'informa l'autre en me remettant un balai.

– La grande salle ! répétai-je, incrédule.

Je ne voyais pas comment deux personnes réussiraient à tout balayer avant la fin de la journée ou même de la semaine. Devant mon air découragé, l'autre ajouta :

– Inquiète-toi pas, c'est bien mieux que de laver les fenêtres, comme les autres.

Autour de la salle, les recrues s'affairaient à tout astiquer. Certains étaient perchés haut dans les airs comme des singes, à nettoyer les carreaux, surveillés par un sergent qui les engueulait s'ils laissaient la moindre trace sur les vitres. « Eh bien, pensai-je, oublie la distribution des uniformes et des carabines, ta première corvée sera de balayer la grande salle. » Je me demandais si Conrad avait vécu pareille initiation. C'était cher payer, me semblait-il, pour retrouver quelqu'un.

Et nous avons balayé, balayé et balayé… À un moment donné, mon cobalayeur, Simon de Longueuil, s'arrêta un instant, s'appuya sur le manche de son balai et s'alluma une cigarette.

____

2. Vous deux, trouvez-vous des balais et commencez à balayer !

— En veux-tu une ? me demanda-t-il, poli, en prenant une longue bouffée, l'air contenté.

J'en pris une, ma toute première. Il ricana à ma tentative malhabile de fumer, même s'il était satisfait d'avoir recruté un nouvel adepte. Bien que n'avalant pas la fumée, je m'étouffai un peu. Incommodé par la fumée dans les yeux et encombré par la cigarette, je fus surpris par l'arrivée en catastrophe d'un sergent gueulant à tue-tête :

— Vous ne pouvez pas balayer et fumer en même temps !

J'avoue que le sergent avait en partie raison. Je n'avais aucune idée comment m'y prendre pour faire les deux. Simon le regarda, surpris. « C'est curieux, semblait-il se dire, j'ai balayé en fumant toute ma vie et j'ai jamais eu de problème. » Puis, mon compagnon de corvée prit trois ou quatre petites bouffées successives pour finir sa cigarette avant d'éteindre, ce qui impatienta le sergent. Rouge de colère, il s'emporta :

— Ça vient de vous coûter cinq jours de *CB*[3], Soldats.

C'est ainsi que j'appris, avec les autres, que *CB* voulait dire : consigné aux quartiers. L'acronyme me deviendrait familier. Après dix-neuf heures les soirs de congé et après l'inspection du samedi et la parade du dimanche, il était permis de sortir faire la fête en ville. Comme j'étais *CB* pour la semaine, je perdis ce privilège et par la même occasion, la chance de revoir Dorette et sa mère.

*　　*

*

---

3. *CB* est l'abréviation de *confined-to-barracks*.

　　　Les orphelins. Rémi à la guerre

Ma première nuit au dortoir ressembla à celle d'un grand insomniaque. Couché dans une grande pièce avec une vingtaine de gars qui ronflaient, pétaient et grinçaient des dents, je ne réussis à fermer l'œil qu'à l'aube. À peine endormi, je fus brutalement réveillé par l'officier de service, qui se promenait de long en large du dortoir en donnant des coups de bâton au pied des lits, tout en répétant comme un refrain :

– *Wakey, Wakey, Sleeping Beauty! Rise and Shine, Sweet Clementine*[4]*!*

En peu de temps, tout le dortoir remua. Des *Sleeping Beauties* et des *Sweet Clementines* mal réveillées et mécontentes marmonnaient des jurons au passage de l'officier de service qui, heureusement, n'entendait rien, trop occupé à chanter son petit refrain. Peu d'hommes s'attardèrent. Au cours de l'heure suivante, la place devint une vraie maison de fous. Je me mis en file pour les toilettes, puis mis le grappin sur un lavabo. Au petit déjeuner, je regardai, médusé, le gruau gluant, les montagnes de *toasts* froides et le thé à volonté qui nous attendaient. « Le régime du pensionnat de Luc-John », pensai-je. Avec un pincement au cœur, je m'aperçus que le souvenir de mon grand ami autochtone s'estompait petit à petit. Chaque tablée comptait douze places. Je dus me battre pour en avoir une et manger mon bol de gruau, ce mets rebutant servi tous les matins. Dans le tumulte des plats et des ustensiles qui s'entrechoquaient, je me dis que la journée ne s'annonçait pas meilleure que la veille.

---

4. Debout, debout, Belle au bois dormant! Levez-vous et rayonnez, douce Clémentine!

Pour ma première semaine, je fus affecté aux cuisines. Oh, ce n'était pas une punition, car tout le monde devait y passer à un moment donné. Je consacrai donc toutes mes heures à peler des pommes de terre, à émincer des oignons, à laver la vaisselle ainsi qu'à nettoyer et à polir les casseroles. Le service du petit déjeuner commençait dès cinq heures du matin et je finissais ma journée une fois que le dernier gros chaudron reluisait comme un sou neuf, tard en soirée. Comme je n'avais pas de temps libre, être *CB* pour cinq jours ne changeait pas grand-chose. J'eus à peine le temps de prendre connaissance de mon entourage et de me faire de nouveaux amis.

Après cette semaine mémorable, je reçus mon uniforme et mon équipement militaires, puis je pliai bagage pour le Centre d'instruction élémentaire de l'armée, à Valleyfield. Là, je reçus les vaccins habituels et une formation de huit semaines. Je me qualifiai dans toutes les matières élémentaires : l'exercice militaire, l'entraînement physique, les premiers soins, la marche, l'entraînement au tir d'armes légères, la défense contre les attaques au gaz, les techniques de campagne et la lecture de cartes. Au tir d'armes légères, je me classai au-dessus de la moyenne. Je commençais à m'habituer à ma nouvelle vie en groupe, dans un cadre disciplinaire et réglementaire rigide. J'appris que l'armée avait ses petites fantaisies, que ce soit dans la façon de faire le lit ou de plier les vêtements. Selon les normes militaires, les draps et les couvertures du lit devaient être tirés, étirés et repliés sous le matelas, sans le moindre pli, de sorte qu'une pièce de monnaie puisse y rebondir. Plus elle rebondissait, mieux c'était. Les vêtements

     Les orphelins. Rémi à la guerre

militaires devaient être pliés et enroulés pour en faire de beaux petits paquets, placés dans la malle de rangement dans un ordre bien précis. Malheur à vous si le lit était trop mou ou si une chaussette se trouvait parmi les chemises ! Tant qu'on ne se pliait pas à ces caprices dignes d'un conte de Kafka, les punitions pleuvaient. La devise de la très royale armée de Sa Majesté aurait dû être : « Une place pour chaque chose et chaque chose à sa place, sinon cinq jours de *CB*. »

À Valleyfield, les hommes apprirent à agir comme une unité. Après quelques jours de formation, notre troupe pouvait faire demi-tour ou volte-face, partir au pas rapide ou à la course, tomber au sol pour faire des pompes ou crier « Oui, Sergent ! » à l'unisson, comme un seul homme. Pendant ma formation, l'armée remarqua que je n'étais pas fort en anglais. Sans hésiter, on me retourna sur les bancs d'école, pour apprendre mes *Ai, Bi, Cise...* Après douze semaines, l'enseignant me jugea assez *English* pour reprendre ma formation militaire.

Aux Fêtes, j'eus droit à dix jours de permission et j'en profitai pour retourner à la pension de Mme Bonhomme, où je fus accueilli en héros. La maison était vide, les pensionnaires étaient retournés dans leur famille pour les festivités. Seul avec Mme Bonhomme et Dorette, je fus traité aux petits oignons. Quelques jours avant Noël, j'en profitai pour magasiner les premières emplettes du temps des Fêtes de toute ma vie. Devant tant d'étalages, quoi choisir ? Heureusement, Dorette était là pour me conseiller. La messe de minuit, le réveillon, le matin de Noël, l'échange de cadeaux, la tournée de la parenté où on me présenta à tout le monde comme si j'avais été le fils adoptif de

Mme Bonhomme, tout ça était nouveau pour moi et me permit de vivre mon plus beau Noël depuis la disparition de mon père.

Au printemps 1944, je fus affecté au Centre de formation avancée d'infanterie, à Farnham, où je fis la connaissance du sergent Maynard, l'instructeur de notre section de huit hommes. Cet homme ne parlait jamais. Il criait… il criait, et plus c'était fort et bourru, mieux c'était. Assez grand, mince de stature, avec une pleine touffe de cheveux noirs, il avait les yeux bleus, petits, perçants et menaçants, et un nez large et crochu. Il avait été mécanicien dans son ancienne vie, avant de s'enrôler au début de la guerre. Après deux ans à s'entraîner en Angleterre, il avait participé au débarquement en Sicile et fait une bonne partie de la guerre en Italie, avant d'être blessé, puis muté au poste d'instructeur à Farnham. Fraîchement arrivé, il regrettait d'avoir abandonné ses amis en Italie et nous en voulait énormément, car de toute évidence, nous étions la cause de son retour. Pour le contenter, nous devions donc courir plus vite que n'importe quel autre peloton, parader mieux, etc. En fait, il fallait tout faire et apprendre plus vite et mieux que n'importe qui d'autre. Malheur à celui qui se traînait les pieds. Maynard avait l'habitude de nous répéter, narquois :

— L'armée ne peut pas vous forcer à faire quoi que ce soit, mais moi, je peux vous faire regretter de ne pas l'avoir fait.

Nous pestions contre cet homme. Mon Dieu que nous ne trouvions pas juste d'avoir à travailler toujours le double de tous les autres ! Pourtant, une fois arrivés de l'autre côté de l'Atlantique, face à l'ennemi, nous n'avions que des éloges pour ce sergent à la main de fer, qui nous avait si bien préparés à affronter le pire. Car, c'est le pire qui nous attendait.

Vers la fin d'une journée d'exercice particulièrement difficile, l'un d'entre nous cria spontanément :

— Envoyez les gars, on va l'avoir !

— Silence, Soldat ! beugla le sergent Maynard. Charlie, comme il te reste assez d'énergie pour jacasser, après ta journée d'exercice, tu feras trois tours du terrain de parade en portant miss Vicky au pas de course.

Le tour de la place d'armes faisait plus d'un kilomètre. La vieille mitraillette Vickers pesait quinze kilos. Ajouté à tout son attirail militaire, Charlie porterait un poids phénoménal, au pas de course. Habituellement, les gars finissaient cette punition en sueurs, les jambes flageolantes et souvent, en vomissant d'épuisement. Par malheur, Simon de Longueuil ricana à ce moment-là. Prompt, le sergent le regarda, prêt à tuer.

— Longueuil, tu trouves ça drôle ! Eh ben, tu l'accompagneras en portant le trépied.

L'appareil en question pesait vingt-trois kilos. « Mais, c'est l'arrêt de mort de Longueuil ! » me dis-je, ahuri. Ma réaction dut avoir quelque chose d'offensant, car Maynard me zieuta sévèrement en criant :

— Quoi ? T'as un problème avec ça, Tonto ?

Eh oui, je m'appelais Tonto. On recevait tous un surnom. J'eus le malheur une fois de parler de mon expérience dans le Nord et on m'affubla de ce sobriquet. Tonto était le fidèle compagnon amérindien du Lone Ranger, le redresseur de tous les torts dans une émission radiophonique western très populaire à l'époque. Je n'avais pas à me plaindre, c'était un bien meilleur surnom que *Puky*[5], donné au grand Alban parce qu'il eut le malheur de vomir à un moment inopportun.

– NON, SERGENT! protestai-je, mais pas assez vite à son goût.

– Ouin ben, tu vas les accompagner avec une bande de 250 cartouches pour la mitraillette.

J'étais choyé. La bande pesait à peine dix kilos. Telles étaient la discipline et les punitions dans l'armée, toujours un peu tordues. Chargés comme des bœufs, on se mit à expier nos fautes au pas de course. Après chaque tour, nous nous échangions les fardeaux pour mieux répartir le mal. Si le sergent remarqua notre audace, il ne dit rien. Charlie vomit après le deuxième tour et moi un peu après. Seul Longueuil resta d'acier. En dernier, il prit Charlie sous son bras, le portant presque jusqu'à la ligne d'arrivée, tout en m'encourageant de la voix, tellement je n'en pouvais plus. Crime, qu'il était fort! Je ne sais pas si c'était le but recherché par le sergent Maynard, mais après cette épreuve à trois, nous étions soudés par une amitié indissoluble, dure comme le roc. On s'entraidait, on se saoulait, on se dégrisait, on courait les femmes et on allait à la messe, toujours ensemble. Je me rendis compte que j'étais prêt à mourir pour sauver l'un ou l'autre de mes copains. J'étais convaincu qu'ils en feraient autant pour moi. Je pouvais à l'avance entendre l'un d'eux se plaindre en me tirant hors de danger, alors que les balles sifflaient autour de lui : « Maudit câlice

---

5. *Puky* vient du verbe anglais *puke* : vomir ou dégueuler. Dans ce cas-ci, *Puky* pourrait se traduire par *Dégueuleur*.

   Les orphelins. Rémi à la guerre

de tabarnac, Tonto! T'aurais pas pu trouver une autre place pour te blesser. Saint-Sacrement, si jamais j'meurs à cause de toué, j'te jure que tu vas en manger une maudite... »

Nous n'étions pas les seuls à vivre pareil phénomène. Dans notre unité, plusieurs sous-groupes de deux ou trois personnes se créèrent, tricotés serré. Comme de raison, lorsque le peloton tout entier relevait un défi de taille, tous les groupes se soudaient en une entité cohérente et forte, prête à affronter les pires dangers sans rouspéter le moindrement. En groupe, je sentais que je pouvais tout faire alors que seul, je doutais de tout.

Donald et Rénald, de notre section, n'étaient pas vraiment frangins, mais comme ils étaient toujours ensemble et avaient la même physionomie, la même démarche et une parlure épicée de jurons juteux, on aurait pu croire qu'ils étaient issus de la même famille. Comme ils venaient de Saint-Lambert, au sud de Montréal, on se mit à les appeler les frères Lambert. Ces deux drôles de moineaux cherchaient la moindre occasion de faire damner le sergent instructeur, le très exigeant sergent Maynard, qui avait le désordre en horreur. Leur petit jeu consistait à déplacer l'un ou l'autre de ses effets personnels. Une fois, ils mirent un de ses bas dans un tiroir de son bureau et, une autre, sa brosse à dents dans le porte stylo. Des petites affaires inusitées, innocentes diraient certains, mais qui, immanquablement, suscitaient une explosion de colère. Le sergent se promenait alors de long en large en sacrant comme un damné. Assoiffé de vengeance, il mit en place des guets-apens, mais les coupables refusèrent obstinément de collaborer. Sa frustration atteignit son comble lorsque les frères Lambert accrochèrent son béret à l'une des poutres du plafond. On se tenait tous à l'attention devant nos lits, pendant que Maynard pétait les plombs, sans se rendre compte que l'objet tant recherché se balançait juste au-dessus de sa tête. En fin de compte, toute la section payait pour ces insolences, en corvées et en exercices supplé-mentaires. Après cet incident, les frères Lambert se calmèrent un peu.

Pour le sergent, cependant, rien n'était fini. Plus d'humeur à endurer la moindre contrariété, il nous menaça tous, la prochaine fois, de triples cor-vées. Incorrigibles, les frères Lambert ne purent s'empêcher d'enduire de cire à chaussure noire les oculaires des jumelles du sergent. Personne de la troupe n'était au courant de cette folie, sinon on aurait tout fait pour les arrêter. Victime de ce vieux gag, le sergent serait entré dans une fureur mémorable. Par un heureux hasard, c'est le nou-veau petit caporal qui prit les jumelles à sa place. En les retirant de son visage, il avait les yeux cernés de larges bandes noires comme un raton laveur.

– Quoi ? Qu'est-ce qu'il y a ? Qu'est-ce qu'il y a ? demanda-t-il, intrigué et perplexe devant l'hila-rité des gens autour de lui.

Il avait vraiment l'air d'un chevreuil hébété par les phares d'une automobile. En le voyant, le sergent fut tellement crampé qu'il ne s'arrêta pas de rire de la matinée. On comprit alors qu'il avait un sens de l'humour puisqu'il ne nous punit presque pas. Tout le groupe pâlit en pensant à ce qui aurait pu arriver. Il fallait arrêter ces idiots une fois pour toutes. La journée même, les colosses de la troupe piégèrent les frères Lambert et les mena-cèrent des pires sévices s'ils n'arrêtaient pas leur folie au plus sacrant. Personne n'avait envie de se trouver devant le peloton d'exécution.

*   *

*

Avoir su, je serais resté chez nous... Voilà qui résumait très bien mes sentiments presque un an après mon enrôlement. J'avais appris à sacrer comme un diable, à fumer comme une cheminée et à boire comme un trou. En prime, *in English, please*[6]. Mon amitié avec Luc-John et nos aventures dans les bois avec Conrad n'étaient plus qu'un vague souvenir. Tout ça parce que j'avais perdu le premier pour toujours et eu envie de retrouver le second, le grand frère adoptif disparu dans les entrailles d'une armée gloutonne.

Au mois d'octobre, la troupe participa à une vaste manœuvre de deux semaines à Valcartier, au nord de la ville de Québec. Opération Frugal se voulait une réplique exacte d'un champ de bataille en Europe, avec des éclats d'obus, des attaques aériennes, des charges de blindés et des tirs constants de mitraillettes et d'armes légères. Les généraux avaient planifié l'opération pour qu'elle ait lieu par temps froid et pluvieux, aux nuits glaciales. Et comble de bonheur, l'hiver nous gratifia de la première neige de l'année.

Comme le nom Frugal le suggérait, les hommes étaient censés survivre avec le strict minimum. En habit d'été, chaque soldat n'avait droit qu'à une couverture. Les différents scénarios de combat se succédaient à un rythme infernal, nuit et jour, sans laisser de temps pour dormir ou manger, encore

---

6. En anglais, s'il vous plaît.

moins prendre un repas chaud. Notre endurance était continuellement mise à l'épreuve, dans des épisodes d'urgence dont le seul but était de rendre nos vies misérables. Des obstacles ralentissant nos déplacements surgissaient sur notre chemin. Quelle déception de lire sur une pancarte : « Pont bombardé – inutilisable » ou encore « Chemin miné ». Et pour aggraver la situation ou la rendre encore plus vraie, l'arbitre de l'exercice déclarait qu'un de nos véhicules essentiels venait d'exploser ou qu'un des membres clés de notre troupe était tombé sous les balles d'un tireur d'élite. Ultimement, Frugal devint synonyme de FRUSTRATION.

Dans la nuit noire, une pluie froide fouettait nos positions. J'essayais de dormir, comme les autres, sur des branches de sapin posées sur un sol boueux et ruisselant. Je grelottais, prêt à tuer quiconque oserait sourire le moindrement. Le moral du peloton ressemblait au mien. Recroquevillé sous sa couverture détrempée, chaque homme tentait de se réchauffer dans ses vêtements tout aussi mouillés.

– Ah *fuck*! C'est de la marde! maugréa quelqu'un.

Soudain, une voix puissante trancha le vent et la pluie :

– *All right! Everybody UP for kit INSPEC…TION*[7]!

Je n'en revenais pas que ce maudit fou de sergent nous colle une inspection par un temps pareil.

---

7. Allez! Tout le monde debout pour la revue de détail!

     Les orphelins. Rémi à la guerre

– *Get up! Get up, Ladies... On the double*[8]*!* insista la voix de stentor, suivie d'un rire étouffé.

Je reconnus ce rire moqueur :

– Sacrament ! Marco, j'vais te tuer !

Notre pince-sans-rire, revenant de son tour de garde, avait décidé de nous égayer en imitant le sergent à la perfection. Un torrent d'injures déferla sur le pauvre bougre, qui se trouvait bien drôle et n'arrêtait plus de ricaner. Dans l'obscurité, sous le vent et la pluie battante, j'entendis les bribes d'échanges animés de part et d'autre du camp, parsemés d'éclats de rire. Grâce à l'intervention de ce farceur, cette maudite soirée débile et malade devenait plus vivable. Chacun put s'endormir en se sentant beaucoup mieux, sinon un peu moins malheureux. « Merci mon Dieu pour des gars comme Marco », pensai-je. Ils ont un talent remarquable pour nous faire rire ou sourire dans les pires moments. Chaque unité possédait un de ces oiseaux rares, des vrais leaders à leur façon, qui ne cessaient jamais de défier l'autorité et qui, en réalité, rendaient la vie des soldats tolérable. On en avait bien besoin ce soir-là.

Dans la confrontation des forces fictives — l'armée rouge qui tentait de sortir d'une tête de pont et l'armée bleue, fortement soutenue par des vagues d'avions de chasse, qui tentait de la contenir —, le degré de réalisme s'avéra tel que longtemps après, engagés dans de vrais combats en Hollande et en Allemagne, les hommes se diraient : « C'est exactement comme Frugal, mais avec de vrais obus et de vraies balles. »

---

8. Enweillez ! Enweillez, Mesdames... Grouillez-vous !

Depuis trois jours, ma compagnie tentait de franchir les lignes ennemies, mais chaque fois nous étions repoussés. Le commandant entreprit une attaque de diversion, qui échoua à son tour. Finalement, il ordonna au lieutenant Morris, responsable de mon peloton, de traverser le boisé et de prendre l'ennemi par derrière, afin de couper ses lignes de ravitaillement et de retraite. En réalité, il s'agissait de franchir une vaste étendue de forêt réputée infranchissable. Après une journée à errer, totalement perdu dans l'un des sous-bois les plus denses que j'aie jamais connus, le lieutenant Morris regardait la carte et n'y comprenait plus rien.

— *Tonto, get two men and find me a way out of this fucking jungle*[9]! dit-il, frustré.

En faisant appel aux techniques de Luc-John et en grimpant au sommet de plusieurs grands arbres pour m'orienter, je pus, avec l'aide de Longueuil et de Charlie, trouver une issue. Encore plus important, j'avais mémorisé le trajet pour retrouver le peloton. En fin de journée, la troupe était parvenue à l'orée du bois, à deux pas de notre objectif.

À la sortie de la forêt, nous avions une grande clairière à traverser, suivie d'un petit boisé avant d'atteindre la cible finale. Comme le lieutenant Morris s'apprêtait à donner l'ordre de traverser la clairière, un renard sortit du bois à notre gauche, puis traversa le champ vers la droite en regardant en arrière. « Est-ce un signe de Luc-John ? » me demandai-je. Le lieutenant nous fit signe d'avancer en silence, ordre que je contremandai aussitôt. La

---

9. Tonto, prends deux hommes, puis trouve-moi un moyen de sortir de cette maudite jungle !

troupe hésita. Surpris par mon audace, le lieutenant me regarda avec des yeux de fusil.

– *What the fuck, Soldier!*[10] jura-t-il.

– Lieutenant, je ne peux pas l'expliquer, mais il faut attendre...

– Si tu m'embêtes encore une fois, Soldat, tu vas le regretter, rétorqua-t-il en « franglais ». *Now move*[11]!

La troupe n'avait pas bougé. Comme il donnait l'ordre d'avancer à nouveau, un peloton de l'armée bleue s'avança dans la clairière à partir de la gauche. Nous étions dans une position idéale pour l'embusquer, au grand désarroi de l'ennemi. Quel plaisir j'éprouvai d'atteindre ensuite notre but sans problème, grâce à un peu d'aide de mon ami, Renard Rapide!

Pour ses efforts stratégiques et tactiques, le lieutenant Morris reçut toutes sortes d'accolades et de félicitations de ses pairs. Pendant quelques jours, ce fier petit général marcha sur un nuage. Finalement, il m'appela à son bureau. J'avoue que je m'attendais à des remerciements, mais le monsieur me chanta un tout autre refrain.

– *You're lucky this worked out or you'd be in the stockade right now*[12], me déclara-t-il, l'air menaçant.

À l'avenir, une telle situation ne serait pas tolérée. Il n'hésiterait pas à me déclarer déserteur pour refus d'obéir à un ordre de combat. Je dus me passer de permission tout le mois suivant et occuper mes soirées comme plongeur dans les cuisines. Alors

---

10. Tu fais quoi là, Soldat!

11. Avance!

12. Tu as eu de la chance que tout se soit bien passé, sinon tu serais en prison militaire maintenant.

que tous mes copains de la troupe considéraient
que j'avais un don de voyeur, le lieutenant trouvait plutôt que j'étais un petit insolent. Au début,
j'étais tellement épuisé par les deux semaines
d'Opération Frugal que la punition ne m'ennuya
pas trop, mais lorsqu'on annonça quatorze jours
de permission à tout le monde en raison de notre
départ imminent outre-mer, tous sauf moi comme
de raison, je devins amer et j'en voulus à ce petit
« crisse » de lieutenant Morris, qui se prenait pour
le nouveau Napoléon.

CHAPITRE 3

La grande traversée

En plus de recevoir de nouvelles injections, y compris contre le tétanos, je devais subir un examen dentaire avant de partir outre-mer. En temps voulu, je me présentai à la clinique du camp où une longue file de spécialistes travaillaient côte à côte comme dans un immense salon de barbiers, traitant un nombre incroyable de soldats par jour. Assis parmi une trentaine de futurs martyrs, je frissonnais aux longues lamentations des fraises et, parfois, des gémissements étouffés me parvenaient de la salle cachée d'un paravent. Voir les pauvres types sortir la gueule enflée ou se tenant la joue me parut tout aussi éprouvant. J'avoue que je ne me sentais pas brave lorsqu'on m'appela. N'ayant jamais consulté un arracheur de dents auparavant, je m'attendais au pire. Le jeune dentiste prit un temps fou à examiner ma grande gueule ouverte, à l'aide de son petit miroir rond et d'un petit instrument pointu et recourbé. Il gratta, tira et piqua mes dents et mes gencives, cherchant à détecter la moindre anomalie. J'en avais les mains moites. Puis, à ma grande stupéfaction, il déclara :

– Tout est beau, tu peux partir.

Quel soulagement! J'imagine qu'une jeunesse sans sucre donne de belles dents, saines et solides. Je sortis de la salle heureux comme un prince. Longueuil et Charlie connurent un tout autre sort. Ils ne furent pas épargnés, question extractions, et me firent la baboune le restant de la semaine, tellement ils trouvaient injuste que je m'en sois tiré à si bon compte.

– Je ne sais pas pourquoi l'armée s'acharne sur nous autres de même, se plaignit Longueuil, révolté.

*　*
*

Fin octobre 1944, soit un peu plus d'un an après mon enrôlement, je montai à bord d'un train à vapeur bondé de troupes, à Farnham, pour une destination inconnue. Nous fûmes tous confinés à nos sièges pendant trente longues heures, dont toute une nuit, sous une chaleur à peine supportable. Dans l'air lourd et humide, la sueur pissait de partout. Mes vêtements en laine me piquaient. D'humeur massacrante, j'en voulais particulièrement à l'idiot de commandant qui nous avait obligés à porter nos uniformes d'hiver pour le voyage. Les fenêtres grandes ouvertes aidaient un peu, mais il fallait endurer les bouffées sporadiques de fumée de charbon et les cendres à la dérive le long du train.

Chaque centimètre d'espace était occupé par un corps en sueur ou un sac de paquetage. Coincés dans les wagons suffocants, nous étions prêts à nous étriper les uns les autres, pour nous défouler un peu, pas seulement avec les poings, mais avec n'importe quel objet qui nous tomberait sous la main. Comme de raison, dans l'après-midi, un début de bagarre éclata. L'officier d'accompagnement arriva juste à temps pour interrompre l'élan un peu trop enthousiaste de poings dirigés vers le pif du voisin. Il resta parmi nous un bon bout de temps, à essayer de nous encourager.

— Ce ne sera pas long, dans peu de temps vous aurez tout l'air frais que vous voudrez.

Il continua son baratin jusqu'à ce que tout notre beau monde se calme, se mette à somnoler et à ronfler. L'officier avait raison. Près du littoral, la température baissa considérablement. L'odeur humide de l'océan m'excita. Le train serpentait maintenant le long d'un bras de mer large et brumeux, où attendaient des dizaines de navires.

— Le bassin de Bedford, me dit Charlie, en vrai Ti-Jos Connaissant. C'est là que tous les convois se regroupent avant de partir pour l'Angleterre.

Accueilli au début avec soulagement, le temps frais devint à son tour difficile à endurer. Mes lainages ne suffisaient plus à me garder au chaud. Je résolus de fouiller dans mon sac pour dénicher le chandail que Mme Bonhomme m'avait tricoté en cadeau à Noël. Il sentait bon et me rappela mon séjour chez elle.

Il y eut une certaine effervescence dans l'air quand, en pleine nuit, le train s'arrêta au port d'Halifax. Je descendis avec tout mon barda, me mis en rang et montai directement sur la passerelle d'un navire baptisé l'*Empress of Whales*, avec trois grandes cheminées, un ancien paquebot de luxe devenu un transport de troupes. Si on m'avait demandé le lendemain : « Eh Rémi, as-tu vu la

Citadelle d'Halifax ? », j'aurais été bien mal pris pour répondre. Ma visite de la ville dura à peine le temps de marcher du train au navire. Tout espion allemand surveillant les mouvements de troupes nous aurait manqués, à moins d'être au port entre minuit et minuit trente.

Tout comme moi, la plupart des soldats n'avaient jamais vu de transatlantique auparavant et étaient encore moins montés à bord. Impressionnés, ils ne se gênèrent pas, la première heure, pour explorer les moindres recoins du navire, s'amusant même avec la roue du gouvernail dans la timonerie, au grand dam du capitaine. À minuit trente pile, nous étions en route. Accoté au bastingage du pont principal, je regardais les lignes de la ville d'Halifax s'estomper. Comme tout le monde, j'avais pris des médicaments contre le mal de mer et j'espérais être épargné, mais à voir les gens autour de moi virer au vert, j'eus des doutes.

Bien conscient de la fréquence des naufrages subis par les alliés, je sentis une certaine anxiété à l'idée de traverser l'Atlantique. Même si, prétendait-on, la guerre de l'Atlantique était gagnée – les Allemands subissaient de plus en plus de pertes alors que les convois arrivaient de plus en plus intacts en Angleterre –, une inquiétude tenace me tenaillait. Savait-on jamais, un coup de malchance et je me retrouverais au fond de l'océan. Heureusement, Longueuil et Charlie étaient là pour jouer aux cartes et me changer les idées.

L'*Empress* faisait partie d'un convoi d'une trentaine de navires, dont cinq de troupes. Bientôt, deux contre-torpilleurs naviguèrent en zigzaguant de chaque côté, à la recherche de sous-marins ennemis. Un petit porte-avions nous escortait aussi, portant seulement trois anciens biplans bombardiers torpilleurs. Le premier jour, un des avions s'envola pour surveiller les environs. De retour au porte-avions, le pilote constata qu'il lui était impossible de se poser sur la plate-forme d'atterrissage dans la mer agitée et retourna à Terre-Neuve. Le lendemain, le second biplan s'écrasa dans la superstructure. Le troisième demeura bien sagement à bord pour le reste du voyage.

Les officiers s'établirent dans des cabines de neuf lits superposés alors que les hommes se trouvèrent moins bien logés. Je suivis mon peloton dans les bas-fonds du navire. Au pont E, à cinq niveaux du soleil et à deux étages sous la ligne de flottaison, j'entrai dans une vaste salle grise, aux parois en acier tachées de rouille. L'odeur de renfermé et d'humidité ne fit rien pour calmer mon mal de mer. Sous la lumière crue des ampoules électriques, des cafards affolés, en fuite dans toutes les directions, confirmèrent mes pires inquiétudes.

– Maudite marde, il n'y a pas de lits ! protesta quelqu'un en voyant les rangées de hamacs superposés, quatre de haut, se balancer doucement au rythme des flots.

Certains se réjouirent à l'idée d'être bercés comme des enfants pour s'endormir, alors que la nouveauté généra de l'anxiété chez d'autres. Mais, quelle épreuve ! Tout le long du voyage, de nuit comme de jour, la pièce resta éclairée et vibra au bourdonnement des moteurs. Inutile de dire que je passai toutes mes heures de veille ailleurs sur le bateau.

L'*Empress* transportait quatre mille cinq cents personnes alors qu'il avait été construit pour en loger un peu plus de mille. Parmi les passagers, on comptait quelques marins britanniques repêchés de navires torpillés, des aviateurs récemment diplômés du *British Commonwealth Air Training Program*, dans l'Ouest canadien, une cinquantaine d'infirmières, des enfants réfugiés britanniques retournant à la maison et nous, les troupes de renfort de l'infanterie. La surpopulation créait des conditions vraiment horribles. L'eau douce étant sévèrement rationnée, nous nous douchions à l'eau de mer, salée et froide, qui laissait planer un léger relent de poisson. Je devais porter en tout temps mon gilet de sauvetage ainsi que ma gourde et, balloté par le roulis du navire, je n'arrêtais pas de me cogner aux uns et aux autres, et eux de me bousculer. Quel ennui ! Nous dormions tout habillés. Un seul hamac était attribué à deux hommes, ce qui faisait que nous alternions, passant une nuit sur deux dans un couloir ou dans n'importe quel espace assez grand pour s'allonger. Certains préféraient dormir le jour. Malgré une mer relativement calme, les nausées s'emparèrent de la plupart d'entre nous. Dans notre trou, la puanteur devint tout simplement insupportable.

De peur que le bruit des talons cloutés sur les ponts d'acier n'éveille l'attention des sous-marins allemands, le règlement nous interdisait strictement de porter nos bottes. Je n'ai jamais eu aussi froid aux pieds de ma vie.

— Câlice de calvaire ! Fie-toi à l'armée pour nous obliger à nous promener en pieds de bas, sur un bateau en acier en plein mois de novembre, grommela Longueuil, royalement écœuré.

— Qu'est-ce que tu fais des sous-marins ? demanda Charlie, inquiet.

– J'pisse, puis j'pète sur tes sous-marins, tabarnac. J'ai frette, câlice! Inquiète-toi pas. Si je coule, j'vais nager jusqu'en Angleterre pour dire deux mots à Churchill sur les pieds gelés. Maudit saint sacrament!

Chaque membre de notre troupe se fit attribuer une corvée. Certains héritèrent de la responsabilité de fermer les portes coupe-feu en cas d'incendie. D'autres devaient verrouiller les portes étanches si le navire menaçait de couler. Un groupe dut s'affairer aux cuisines comme cuistots, éplucheurs de pommes de terre et plongeurs. Notre trio s'occupa d'approvisionner en bières et en boissons gazeuses le mess des officiers et la cantine des hommes. Les caisses de bière et de sodas pesaient lourd, et l'on devait les transporter en montant les marches étroites de la cale jusqu'au pont supérieur. Heureusement, ça ne prenait qu'une heure ou deux. Longueuil, Charlie et moi étions libres le reste de la journée.

Puis, venaient les exercices de « Préparez-vous à abandonner le navire ». Je réagis encore aujourd'hui à l'alarme sonore AREU-AREU WHOUAH! AREU-AREU WHOUAH! À chaque appel, mon peloton se réunissait devant un radeau qui, de toute évidence, ne pouvait contenir tout notre monde. Les « en trop » devaient s'accrocher au cordage attaché au pourtour de l'embarcation. « Pas rassurant », me dis-je en regardant l'eau houleuse et glaciale de l'Atlantique Nord. Même assis dans le radeau, je doutais de survivre cinq minutes dans cette flotte épaisse de cristaux de glace.

Tôt un matin, pendant un autre exercice d'évacuation agaçant, des WHAM! WHAM! horribles et laids résonnèrent contre la coque du navire.

Un vent de panique s'empara aussitôt de tout le monde. Les gens se poussaient pour monter au plus vite. J'eus peur d'être écrasé dans l'escalier, tant la folie prenait de l'ampleur. À notre arrivée sur le pont, un marin nous rassura, ricaneur, en pointant un contre-torpilleur situé à une bonne distance de l'*Empress*, qui avait pris en chasse un sous-marin.

— Pas de panique, mes poulettes. Vous entendez juste le bruit des vagues sur la coque suite à l'explosion de grenades sous-marines.

Je n'osai pas m'imaginer le vacarme qu'aurait provoqué, plus près du navire, la détonation d'un de ces engins. « Maudite marde ! Je serais certainement mort piétiné si ç'avait été le cas », me dis-je, rempli d'effroi.

Dès la détection d'une menace, les transports de troupes s'éparpillaient dans toutes les directions. L'un des contre-torpilleurs se dirigeait rapidement vers le large, à l'avant, laissant l'autre tourner en rond à l'endroit où on croyait avoir entendu l'écho d'un sous-marin par sonar. Pendant une demi-heure, nous devions tous nous tenir près de nos radeaux ou de nos canots de sauvetage.

Matin et soir, on nous servait un genre de bouilli de poissons aux tomates, un repas de marin à ce qu'il paraissait, mais qui ne plaisait guère à mon estomac de soldat. Je mangeais cette saloperie parce que j'avais faim. À part les corvées et les repas, il n'y avait pas grand-chose à faire. On manquait de place sur le pont pour faire des exercices de gymnastique. D'ailleurs, la température ne s'y prêtait guère, et les hommes préféraient ça comme ça. Les plus braves, prêts à affronter le vent glacial et les éclaboussures d'eau froide, marchaient sur le pont ou se prélassaient à l'arrière, à l'abri du vent, à regarder les vagues monter et descendre contre la ligne de l'horizon. Des hommes s'occupaient à relire leur correspondance et à écrire des lettres. D'autres essayaient de lire, mais les journaux dataient et les livres demeuraient plutôt rares. Les jeux de hasard comptaient le plus d'adeptes. Le poker, le black jack et les dés, joués jour et nuit, aidaient les hommes à oublier le danger qui les guettait.

Au début d'une soirée particulièrement brumeuse, le convoi en rencontra un autre aussi grand, allant en direction opposée. Accoté au pavois du pont avec Charlie, j'écoutais, anxieux, les cornes de brume lancer tout autour des notes des plus inquiétantes. Charlie poussa un OH! de surprise en voyant apparaître, dans le brouillard épais, un navire filant à vive allure tout près du nôtre. Le vrombissement assourdissant des moteurs de l'autre bateau, doublé du ressac des vagues au passage, secoua l'*Empress*.

— Câlice que j'ai eu peur, lâcha Charlie, les yeux ronds, lui qui sacrait rarement.

Il n'y eut pas de collision. Le capitaine et les marins méritèrent largement leur chèque de paie ce soir-là. On piqua vers la cale conter l'incident à Longueuil. Il jouait aux dés et c'était sa soirée.

— Hé Tonto! Regarde ça…, me cria-t-il, les yeux pétillants, en me montrant une liasse de billets de banque, alors qu'il s'apprêtait à lancer les dés de nouveau.

Je n'eus pas le cœur de lui dire à quel point on avait frôlé la catastrophe. Comme la plupart des hommes à bord, Longueuil n'avait rien remarqué de tout ça, trop occupé à gagner ou à perdre dans le ventre du navire. Deux jours plus tard, Longueuil me demanda quatre sous pour un *coke*.

— Eh oui, que veux-tu ? Aussitôt gagné… aussitôt perdu…, me dit-il avec un clin d'œil.

*　　*

*

Vers minuit, la cinquième journée de notre traversée, une explosion suivie de deux détonations me secoua violemment de mon sommeil. Inquiet, je me précipitai sur le pont supérieur, suivi des copains. Là, je vis la chose la plus surprenante, en cette nuit autrement noire.

— Regarde-moi ça, s'étonna Charlie.

Depuis notre montée à bord de l'*Empress*, nous étions soumis à des consignes strictes au sujet du *black-out*. Les rideaux noirs aux hublots et aux portes d'accès devaient être tirés en tout temps. Les fumeurs étaient particulièrement surveillés, une fois la nuit tombée. La moindre infraction recevait les pires châtiments, non seulement de la part des officiers, mais encore de tout le monde à bord. Je regardai donc, estomaqué, un navire approcher tous feux allumés, scintillant comme un arbre de Noël décoré pour attirer l'attention de saint Nicolas à des milliers de kilomètres à la ronde. Dans ce cas-ci, le père Noël risquait de signifier la mort.

— Un navire du convoi a dû être torpillé. Il a allumé ses lumières pour permettre aux marins à bord de s'échapper, tentai-je, peu convaincu.

Encore plus curieux, au lieu de lui venir en aide, notre convoi poursuivit sa route comme si de rien n'était et le bateau disparut au loin. En

   Les orphelins. Rémi à la guerre

l'absence d'autres explosions et d'autres activités inhabituelles, nous retournâmes à nos hamacs. Le lendemain matin, tout le monde à bord s'interrogeait sur ce qui s'était passé. Toujours au fait des dernières nouvelles, Longueuil, nous renseigna :

— C'était un navire-hôpital qui retournait aux États-Unis. Ils sont peinturés en blanc et marqués d'une grande croix rouge sur le côté.

— J'me souviens pas d'avoir vu une croix, remarqua Charlie, l'air troublé.

Longueuil le regarda longuement, puis décida d'ignorer son commentaire.

— Toujours est-il que les navires-hôpitaux voyagent entièrement éclairés, la nuit, pour que les sous-marins allemands ne les confondent pas avec les navires de guerre. En fait, on avise les Allemands de leur traversée. En vertu de la Convention de Genève, les navires-hôpitaux sont classés non-combattants et peuvent faire la traversée sans menace, sous la protection de la Croix Rouge internationale.

Je me sentis soulagé d'apprendre qu'après avoir échappé à la mort sur le champ de bataille et reçu une grave blessure, je pourrais revenir sur un bateau qui ne risquait pas d'être coulé par un de ces sous-marins imprévisibles.

— C'était quoi, d'abord, les explosions qu'on a entendues ? demanda Charlie, toujours aussi perspicace.

— Bien, les capitaines de sous-marins allemands ne sont pas fous. Ils savent qu'à l'approche d'un navire-hôpital, tout convoi s'ouvre pour le laisser passer. Leur tactique est de monter en surface la nuit et de suivre de près le navire-hôpital, afin que les bruits des hélices du sous-marin et du navire se confondent. Plusieurs sous-marins se sont d'ailleurs infiltrés dans un convoi de cette façon, puis y ont fait un sacré carnage. Pour les en empêcher, les contre-torpilleurs lancent plusieurs mines sous-marines derrière tout navire-hôpital qui approche de leur convoi. C'est ça qu'on a entendu hier soir.

Curieusement, à ce moment-là, les paroles de Conrad me revinrent à l'esprit : « Oublie jamais que tu finasses avec de fins finauds. »

*　*
*

Même dans les meilleures conditions, la traversée de l'Atlantique Nord en novembre constituait une affaire plutôt périlleuse, car la hauteur moyenne des vagues dépassait alors quatre mètres. À la belle saison, elles faisaient à peine deux mètres. À une journée de notre arrivée en Angleterre, le vent se refroidit passablement et prit de la force. La mer devint houleuse, avec de grosses vagues et des creux de six à sept mètres. Balayés par le front froid et sous l'assaut de l'océan en furie, les navires du convoi s'éparpillèrent aux quatre vents.

L'*Empress* tanguait comme un ivrogne. Dans la grande salle-dortoir, tout objet non arrimé était propulsé d'un bord comme de l'autre. Les sacs, les gamelles, les casques d'acier et d'innombrables articles roulaient jusqu'à se fracasser sur les murs, puis le navire repartait dans l'autre sens et tous les articles aussi. Les hamacs se balançaient en parfaite harmonie, ce qui ne m'empêcha pas de verdir et de gémir à chaque mouvement. L'odeur de vomissure se répandit dans la pièce. Malgré l'assourdissant vacarme, un brave officier relativement épargné par le mal de mer nous cria, urgemment :

— *Everybody up! Get on the upper deck for fresh air. On the double*[1]*!*

Malgré l'attrait de l'air frais sur le pont, j'eus besoin de tout mon petit change pour quitter mon hamac souillé. À chaque pas, je me sentais ballotter dans tous les sens par un navire qui refusait d'aller droit. Arrivé en haut, je titubai jusqu'au grand salon, bondé de monde d'allure aussi peu fière que moi. J'y reconnus Longueuil et Charlie, mais à peine, tant leur visage extrêmement pâle et légèrement verdâtre s'était altéré.

— C'est sadique en maudit, gémit Longueuil. Fie-toi à la *Royal Navy* pour nous jouer un tour pareil, à une journée de notre arrivée sur la terre ferme.

Puis, il s'affala sur un banc comme une baleine avec une gueule de bois, en râlant :

— Misère, vous direz à ma mère que c'est la mer qui m'a achevé, pas Hitler pis sa guerre...

Charlie me regarda, tout étonné.

— Savais pas qu'il était poète.

— Ouais, y est sûrement sur son lit de mort pour nous sortir des rimes de même.

Le lendemain matin, l'océan s'était calmé. Je vis au loin les luxuriantes collines du nord de l'Irlande. Au crépuscule, notre convoi remontait lentement le canal Crosby et le fleuve Mersey, jusqu'au quai de Liverpool. La verdure des deux rives de l'estuaire laissa place à quantité de

------

1. Tout le monde debout ! Montez sur le pont pour profiter de l'air frais. Ça presse !

chantiers navals remplis de bateaux en construction destinés à remplacer ceux que l'ennemi coulait. De la fumée noire striait le ciel et des relents de charbon prenaient à la gorge. Au-dessus de la ville, des ballons de barrage s'ennuyaient à attendre la prochaine vague de bombardiers allemands qui, en cette fin de guerre, tardaient de plus en plus à se manifester. Les longs câbles d'acier les reliant au sol servaient d'obstacles aux avions ennemis, qui descendaient en piqué pour bombarder.

Après une semaine éprouvante en mer, la scène nous parut merveilleuse, notamment les longues rangées de maisons en brique rouge surmontées de cheminées bien alignées, sur un fond de collines vertes. Plusieurs contre-torpilleurs et des corvettes battant pavillon de différentes nations étaient amarrés parmi les paquebots et les navires marchands, tandis que des remorqueurs et d'autres embarcations plus petites se pressaient habilement autour d'eux. Tous les navires étaient recouverts d'une couche de peinture grise.

Il faisait nuit lorsque notre troupe reçut l'autorisation de débarquer. Le *black-out* britannique était si total que, par une nuit sans étoiles ni lune comme ce soir, il était impossible de voir sa main devant les yeux ou de distinguer les bordures de trottoir le long des rues, ce qui posait un réel danger.

– Quiconque allumera une cigarette ou produira la moindre lumière sera exécuté sur-le-champ, décréta le lieutenant Morris.

Après ce sinistre avertissement, les membres du bataillon s'engagèrent sur la chaussée, vers le train quelque part près du quai. Les claquements de l'engin, suivis de longs chuintements, nous servirent de guide. Tant bien que mal, tous montèrent à bord, six par compartiment avec tous les bagages, y compris un sac à lunch, un petit cadeau reçu en quittant le navire. Pour ceux qui pouvaient difficilement s'endormir assis bien droit, ce fut une longue nuit. Les rideaux tirés, nous étions dans l'obscurité, sauf pour une lueur pâle, lumière bleutée à la fin du couloir, à côté des toilettes. Étant donné l'absence d'eau potable à bord, le thé chaud servi sur les quais des gares où nous nous arrêtions était grandement apprécié.

Je garde le souvenir d'un voyage pénible, marqué par des pauses longues et fréquentes ainsi que par des détournements sur des voies d'évitement, pour laisser passer les trains prioritaires. Même lorsque le jour se leva et que je pus voir défiler les villages pittoresques, les heures s'égrenèrent lentement. Quand le train s'arrêta enfin, devant la station North Camp à Aldershot, nous étions tous morts de fatigue.

Les muscles endoloris, je descendis du train, plaçai mon sac de paquetage dans le camion et me mis en rang sur la plate-forme en attirail de route complet, c'est-à-dire en portant mon sac à dos, mon sac de couchage, mon casque, ma carabine, ma cartouchière, ma gourde, mon équipement, ma veste tactique, mes gants et mon masque à gaz.

– *Gentlemen, we're almost there. Just a short walk to our barracks. No smoking. No talking. Quick March*[2]*!*

Crevés comme nous l'étions, nous avions encore à franchir les dix kilomètres de route les

---

2. Messieurs, nous y sommes presque. Il ne reste qu'une courte distance de marche jusqu'à nos casernes. Interdit de fumer ou de parler. Pas cadencé, marche !

plus pénibles que le peloton ait jamais connus. Pour ajouter au supplice, les Britanniques sur notre chemin, pourtant bien gentils, semblaient tous avoir une cigarette clouée au bec. Assoiffé et sans tabac, j'étais loin d'être un soldat heureux. Longueuil n'arrêtait pas de grommeler et Charlie de le supplier de se taire.

— Tabarnouche, Longueuil, ferme-là. Ils vont nous mettre en *CB* avant même d'arriver.

Au camp, des huttes Nissen aux toits arrondis, fabriqués de tôle ondulée, nous accueillirent. Sous l'effet de la chaleur et de l'humidité, une eau brunâtre suintait le long des murs.

— Tu parles de casernes! On dirait des boîtes de conserve coupées en deux sur le sens de la longueur, remarqua Charlie.

— J'm'en crisse, dit Longueuil, en autant qu'il y a un lit. J'dors debout.

Chacun reçut un couvre-matelas, puis on nous montra un tas de paille pour le remplir. Ensuite, on attribua à chaque homme une couverture en laine épaisse qui piquait, mais personne ne rouspéta, trop fatigué pour se plaindre. Comme Longueuil, je voulais dormir et avoir la paix. Je n'avais pas eu de bonne nuit de sommeil depuis notre départ du camp militaire de Farnham, il y avait plus de dix jours.

Le lendemain, je crus encore rêver. Tout comme dans les photos du Grand Atlas que j'aimais feuilleter jadis, sur les genoux de ma mère, j'aperçus, tout autour du camp militaire, des maisons de contes de fées, complètes avec leurs toits de chaume et le lierre grimpant sur leurs murs. D'énormes Clydesdales, plus gros que celui de M. Raymond par chez nous, avançaient à pas lents dans les ruelles étroites pavées de pierres, en secouant leur longue crinière. Un village pittoresque, tout en verdure, entourait une vieille église normande du XIᵉ siècle, dont l'horloge sonnait les heures, tout comme Big Ben, à Londres. Cinq débits de boisson vieux comme le monde, dont l'enseigne se balançait au vent, nous souhaitaient la bienvenue au pays de la bière douce et amère. On était à Aldbourne, dans le Wiltshire, à une centaine de kilomètres à l'ouest de Londres. Ce serait notre domicile pour un mois, le temps pour l'armée de traiter nos dossiers et de nous expédier au front, en Belgique ou en Hollande.

Les citoyens d'Aldbourne, ville garnison depuis des lustres, ne s'émouvaient plus à l'arrivée de jeunes soldats canadiens. Par prudence, l'armée avait pourtant mis sur pied un programme d'intégration qui aidait énormément à atténuer les risques de friction entre la population locale et nous. Dès la première matinée et pendant les semaines suivantes, les hommes furent informés en détail des coutumes anglaises, des mœurs et des habitudes de ce coin de pays.

Bien disciplinées, les troupes comprirent rapidement qu'à l'extérieur des grands centres comme Birmingham ou Londres, on devait boire tranquillement notre bière dans les pubs, à la manière britannique. On apprit aussi à manger comme eux : du lait et des œufs en poudre, des pommes de terre et des abricots déshydratés, des choux de Bruxelles, des navets et des choux ainsi que de la viande de mouton ou de cheval. Comme je n'étais pas difficile, je pus m'adapter à presque tout, sauf à la viande de mouton qui goûtait le vieux bas de laine mouillé. C'était plus que je ne pouvais endurer. Aussi, fus-je heureux d'apprendre, quelques jours avant Noël, que nous partions pour la guerre.

CHAPITRE 4

Le baptême du feu

Que ce soit aux camps d'entraînement du Canada ou à la garnison d'Adbourne, je ne renonçai jamais à ma recherche de Conrad. La plupart du temps, les gens eurent partout la même réaction de stupeur.

– Quoi ? « Atten…Shun » Martin ?

– Non, pas lui, répétais-je ennuyé.

À cette précision, d'abord rassurés, ils se montraient ensuite indifférents à ma requête. Certains prétendirent qu'il combattait probablement en Italie, d'autres qu'il avait participé au jour J en Normandie, mais n'en savaient pas plus. La plupart me suggéraient de vérifier les registres des blessés et des morts, ce que je fis en craignant le pire. Je fus soulagé que son nom n'y figure pas. Paradoxalement, plus j'approchais du front, plus les gens n'avaient que des éloges pour « Atten… Shun » Martin. Je compris alors qu'il s'agissait d'un brillant militaire, qui atteignait les objectifs avec un minimum de pertes en hommes. De major, il avait été promu lieutenant-colonel, à la tête de tout un groupement tactique.

J'arrivai en Belgique quelques jours avant Noël et la grande offensive pour conquérir la Rhénanie, en Allemagne. L'armée canadienne avait désespérément besoin de renfort. Elle venait de subir de lourdes pertes dans la prise de contrôle des deux rives de l'estuaire de l'Escaut, en vue d'ouvrir le port d'Anvers aux cargos alliés et de faciliter l'approvisionnement des troupes.

À notre arrivée à Anvers, on nous accorda vingt-quatre heures de permission avant d'aller au front. Alors que je venais vers Longueuil et Charlie, je les surpris en train de se chamailler.

— Veux-tu bien pas t'occuper de ça !

— Bien quoi, Charlie. Il me semble que c'est notre devoir de l'aider à découvrir ça, surtout avant d'aller se battre.

— Il a peut-être prévu de se garder jusqu'au grand jour.

Longueuil regarda l'autre comme s'il avait dit la plus grosse bêtise au monde.

— Qu'est-ce qui se passe ? demandai-je, inquiet de les voir se disputer.

— Inquiète-toi pas de ça. Viens, on s'en va à Anvers faire la fête. Ce n'est pas vrai que je vais aller au front, risquer ma vie, sans caler une couple de bières puis faire autre chose une dernière fois, me confia Longueuil, énigmatique.

— Je ne vois pas comment tu vas t'y prendre. Depuis qu'il pleut des V2 jour et nuit sur Anvers, c'est devenu une vraie ville fantôme, répliqua Charlie.

En effet, depuis la libération d'Anvers, les Boches n'arrêtaient pas de lancer des fusées sur la ville. Je me rappelais le bourdonnement des V1 au-dessus de Londres. Tant qu'on entendait le long bruit sourd de la fusée au-dessus de nos têtes, on était en sûreté. Du moment que le moteur s'arrêtait, il devenait urgent de se mettre à l'abri, le plus loin possible de l'épicentre, car plus de huit cents kilos d'explosifs tombaient du ciel. La fusée V2 – une autre bébelle encore plus sinistre – portait une plus grosse charge. Elle était lancée dans la stratosphère et retombait silencieusement sur terre, une fois le carburant épuisé.

— Les V2 ne me font pas peur. Ils ne pourraient pas frapper une porte de grange, même lancés à un mètre de la cible.

Longueuil avait raison. Le V2 avait un effet plus psychologique que dévastateur. Son système de guidage hautement imprécis faisait en sorte que l'engin tombait à des kilomètres de sa destination. Et c'est justement ce qui énervait les gens. Comme la fusée était imprévisible et mortellement silencieuse, ils ne savaient jamais où ni quand elle tomberait. En conséquence, les habitants se réfugiaient dans les sous-sols. En surface, la ville était déserte alors qu'elle grouillait de vie sous terre.

— C'est grand, Anvers, ajouta Charlie. J'voudrais pas passer mon dernier soir avant le combat, perdu dans une ville désolante par une nuit de black-out, alors que des V2 me tombent dessus.

— Ah, homme de peu de foi ! Fie-toi à moi pour trouver les bars et les cabarets. Tu ne le regretteras pas, je te le garantis, affirma Longueuil, sûr de lui.

Et il nous entraîna dans son tourbillon, se guidant au son de la musique pour nous amener dans la noirceur, d'un cabaret à l'autre à la recherche de la perle rare. Finalement, on aboutit dans un sous-sol transformé en salon aux meubles et aux accessoires écarlates – tapis, immenses fauteuils, tables, nappes, rideaux et chandelles –, ce qui donnait à tout le monde un teint rougeâtre. Le salon était bondé de militaires de tous les rangs et de filles aguichantes, légèrement vêtues. On n'y servait que du champagne, le meilleur au monde à ce qu'il paraissait, à des prix exorbitants comme de raison. Longueuil disparut avec une jolie demoiselle au visage de lune et au teint frais et innocent sous le reflet rouge. Charlie s'envola à son tour, emporté par une autre nymphette. Je restai seul, assis dans mon coin, cigarette aux lèvres et coupe de champagne à la main, tentant de me faire le plus petit possible. Je n'étais pas certain de vouloir être là. À vrai dire, j'avais un peu honte. J'imaginais la réaction de Mme Bonhomme ou de Dorette en voyant ces femmes à demi nues. J'allais partir, lorsque la jeune fille qui était partie avec Longueuil revint avec une compagne. Les deux riaient et se murmuraient des petits secrets dans le creux de l'oreille. Sans trop m'en rendre compte, je me laissai entraîner dans une chambre et, peu de temps après, je me retrouvai nu dans un grand lit surplombé de miroirs. Les deux diablesses me dorlotaient, m'embrassaient et m'excitaient. Quelques minutes plus tard, j'avais perdu ma virginité sans qu'elles me demandent un sou pour leur service. Le lendemain matin, alors que je me préparais pour monter au front, Longueuil me considéra, tout fier.

– Qu'est-ce qu'il y a ? Qu'est-ce que tu manigances encore ?

Il ne me dit rien et continua à sourire. Puis, n'en pouvant plus, il laissa fuser sa question :

– Comment t'as aimé les deux p'tites poulettes qu'on t'a envoyées hier ?

Venu nous rejoindre, Charlie renchérit avant que je puisse dire un mot :

— Ouais, je ne savais pas que te faire perdre ta virginité me coûterait aussi cher.

— Crisse, on n'était pas pour te laisser aller au front sans avoir goûté à une femme, au moins une fois dans ta vie, dit Longueuil pour justifier la dépense.

Je ne sus quoi penser. Tout s'était passé tellement vite que je n'étais pas certain d'avoir perdu quoi que ce soit. Je devins rouge comme une tomate, ce qui, manifestement, leur fit plaisir.

*　*
*

Arrivé sur le champ de bataille, à la frontière de la Belgique et de l'Allemagne, je fus envoyé avec d'autres hommes, dont Longueuil et Charlie, renflouer les rangs du régiment de Maisonneuve. Prévoyant que nous serions au combat le jour de Noël, on nous servit notre repas des Fêtes la journée même. Assis dans la grande salle d'un couvent avec une centaine de soldats, je mangeai de la dinde en boîte, de la sauce à la canneberge, du gâteau aux fruits et du *plum pouding*. Chacun eut aussi droit à une cannette de bière et, comme collation, une orange et une pomme. C'était loin du festin de Mme Bonhomme l'année précédente, mais pour les vétérans à notre table, qui n'avaient connu que des rations froides une bonne partie du mois, c'était la fête.

On était à quelques jours du lancement de l'opération Véritable, prévu le premier janvier. Cette grande offensive visait à libérer la rive sud du Rhin, en vue de la poussée des Alliés en plein cœur de l'Allemagne. Toutefois, l'action désespérée d'Hitler contre les forces américaines dans les Ardennes en France, à Noël, repoussa l'opération au début de février. En fait, mes compagnons et moi ne fûmes jamais menacés par l'action allemande, même si elle suscita un certain émoi.

Or, comme le début de février coïncidait avec le dégel printanier dans ce coin du monde, les champs et les routes inondés compliquèrent notre tâche. Le 8 février, à cinq heures du matin et pour les cinq heures suivantes, notre artillerie martela tous les emplacements, quartiers généraux et centres de communication ennemis. Une attention toute meurtrière fut accordée aux bunkers en béton des Allemands, pour les mettre hors d'état de nuire. L'opération donna lieu à l'un des plus gros déferlements d'artillerie de la Seconde Guerre mondiale, une cascade dévastatrice de six cent mille obus et quelque six mille roquettes. Pendant des heures, je sentis la terre trembler sous mes pieds. Tout, autour de moi, ne devint plus que secousses, sifflements et éclats. Les troupes ennemies subirent un sort effroyable. J'imaginai avec horreur la pluie de fragments d'obus en fusion leur tombant du ciel. Comment pouvaient-ils survivre à ça ?

À dix heures, dans une ultime salve, l'artillerie lança des obus fumigènes sur toute la largeur du front. Puis, tous les canons se turent, dans un silence étonnamment inquiétant. Tout le monde fut trop abasourdi pour parler. Normalement, après un bombardement, l'infanterie se mettait en marche et, pour parer le coup, l'artillerie ennemie s'animait pour anéantir l'avance. Cette fois, on nous dit de rester quiets. Comme prévu, l'ennemi dévoila l'emplacement de ses pièces, et nos batteries se remirent en marche pour les détruire, prolongeant le carnage une autre demi-heure. À dix heures trente, un nouvel écran de fumée fut mis en place et l'infanterie s'engagea pour de bon dans la bataille.

– Ça y est, mon grand, me lança Longueuil, en sortant de la tranchée.

Le régiment avança, déployé dans l'odeur rance de la cordite, appuyé par dix chars d'assaut. On se dirigeait vers la ligne de chemin de fer de Reichswald. Au moindre signe de l'ennemi, les RATATATA des mitraillettes installées sur les chars d'assaut nous rassuraient. Toutes les maisons et tous les bâtiments de ferme brûlaient, le long de la route menant à la frontière allemande. Nous avancions à un bon rythme, sauf les chars d'assaut qui s'enlisaient. Par chance, un char démineur muni de fléaux réussit à s'extirper de la boue gluante. Nous suivions la voie dégagée par ce merveilleux engin qui, en fouettant le sol de longues chaînes, déclenchait les mines dissimulées. Sous le feu de l'ennemi, on devait courir, se jeter au sol, ramper... courir, se jeter au sol, ramper et recommencer... jusqu'à ce qu'on atteigne l'objectif. Il était strictement interdit de s'arrêter, même pour secourir un copain. Le faire équivalait à devenir une cible de choix et, assurément, le meilleur moyen d'être blessé ou tué à son tour. Il fallait continuer malgré tout et contre tous. On nous assura que les blessés seraient secourus par un infirmier ou un brancardier. À mon avis, personne ne montra autant de bravoure que ces gens sans armes, qui couraient chercher les blessés sous une pluie de balles et les transportaient à l'infirmerie, puis repartaient porter secours à d'autres malheureux. Et il y en avait toujours d'autres, beaucoup d'autres...

On nous fixa comme premier objectif de prendre le carrefour d'un minuscule hameau appelé Den Heuvel, à deux kilomètres au nord-est de Groesbeek. Sur place, je vis une soixantaine d'Allemands jonchant le sol à la suite du tir de barrage. Les soldats à l'air libre étaient morts sur le coup. Quand on les débusqua, toujours terrés dans les caves, les survivants montraient des signes évidents d'état de choc. Terriblement secoués, ils avouèrent que des 36 canons de leur position, 32 avaient été détruits dès le début de nos tirs d'obus. Les longues files de prisonniers, escortées vers l'arrière durant l'après-midi, fournirent une preuve de plus de l'efficacité de l'artillerie pour anéantir la résistance de l'ennemi. Beaucoup de prisonniers étaient jeunes, beaucoup plus que moi.

– Tabarnouche! Ça n'a plus de maudit bon sens! Si ça continue, on va se battre contre des cinq et six ans, dit un vieux de la vieille, dégoûté que le carnage continue et dépassé par l'acharnement incompréhensible des Boches, alors que leur guerre était déjà perdue.

Durant cette journée marquant mon baptême du feu, le régiment perdit les services de 24 hommes, dont deux tués. L'opération Véritable continua un mois. Plus nous avancions, plus nous rencontrions de la résistance. Le noyau dur de l'ennemi comprenait des divisions de parachutistes endurcis. Le lendemain, lorsqu'on approcha de la ville de Wyler, la troupe fit face à une vive opposition. Une soixantaine d'hommes furent blessés, dont une vingtaine par des mines-S. Une fois déclenchée, la mine-S sautait à un mètre du sol, avant d'éclater et de projeter du *shrapnel* sur une grande surface, atteignant les hommes au ventre.

— C'est cruel en maudit de faire des choses pareilles, déplora Longueuil, outré que le génie maléfique de l'ennemi veuille s'attaquer aux parties intimes de l'homme.

*　　*
*

Les tireurs d'élite allemands nous harcelaient tout le temps. Une fois, ils s'étaient cachés dans les arbres d'un boisé et ils tiraient sur tout ce qui bougeait. On fit appel à un véhicule lance-flammes pour arroser le bois. Les Allemands sautèrent des arbres, les vêtements en feu. Les Boches s'avancèrent, les mains au-dessus de la tête. Ils étaient une vingtaine, y compris un officier. À les voir s'égayer à l'idée d'en avoir fini avec la guerre, délogés par un lance-flammes monstrueux, je devins vert de rage. J'eus envie de les descendre et je ne fus pas le seul. Marco, dont le meilleur ami venait de se faire éclater le crâne, les regarda avec l'envie de tuer. Un de nos soldats fouilla les prisonniers et prit leur revolver Luger, leur montre et leur argent, puis il plaça les hommes en rang pour les escorter vers l'arrière. Comme Marco s'était promis de venger son ami, il ne put s'empêcher de lancer au lieutenant Morris :

— Quoi ? On ne va pas les tuer, les enfants de chienne ?

Le lieutenant se détourna sans rien dire, alors que le sergent Drouin mettait son bras sur l'épaule de Marco en murmurant doucement :

– Tu sais bien qu'on ne fait jamais ça.

Peut-être, mais certains des nôtres ne s'en étaient pas aussi bien tirés.

À chaque arrêt, c'était la même chose. Si l'on ne trouvait pas d'abris, on devait creuser une tranchée de tir le plus vite possible. Profonde d'un peu moins d'un mètre et assez large et longue pour s'y coucher, la tranchée nous servait de refuge pour la nuit. Dès mon premier soir au front, j'appris l'importance de me trouver sous le niveau du sol si un obus tombait à proximité.

– Regarde-moi ça, fit Charlie au lever, un frisson dans la voix.

C'était incroyable ! Le souffle de l'explosion avait enroulé une lourde remorque autour d'un tronc d'arbre. À part le bruit et les secousses de la détonation, notre troupe s'en était tirée indemne, à l'abri dans les tranchées.

La nuit, les bombardiers allemands larguaient des bombes papillons sur nos positions. En plein vol, la bombe s'ouvrait pour en laisser tomber des centaines de plus petites, de la taille d'une grenade, qui éclataient au sol en projetant des milliers d'éclats meurtriers. Pour parer le coup, il fallait trouver un moyen de couvrir l'ouverture de la tranchée. Une porte, des planches ou des branches pouvaient faire l'affaire. Une bâche tendue sur des piquets pour en faire une tente pouvait aussi vous sauver. L'ennui avec la bâche, le matin venu, c'était de voir la multitude de petits trous qui n'y étaient pas la veille. C'était dur pour les nerfs...

*　　*

*

Assis dans le sous-sol d'une maison de ferme abandonnée, je n'en revenais pas d'être toujours vivant, avec Longueuil et Charlie, encore sous le choc de ce qui nous était arrivé un peu plus tôt dans la soirée. Comme la troupe traversait une clairière à la noirceur, les bâtiments de ferme tout autour s'embrasèrent d'un coup. Les flammes nous éclairèrent comme en plein jour. Les Allemands avaient dû utiliser un accélérant. Une fusillade s'ensuivit, balayant la clairière et fauchant nos hommes. Après, chacun y alla de son histoire pour se libérer du stress de l'embuscade. L'un des plus anciens raconta :

— Lorsque les mitrailleuses ont ouvert le feu, j'ai été pris à découvert. Tout le monde autour de moi s'est mis à courir dans tous les sens pour se trouver un abri. J'ai vu une tranchée et j'ai plongé la tête la première dans l'ouverture la plus proche. Puis, suivant la consigne d'infanterie de ne jamais réapparaître là où on a disparu du champ de tir de l'ennemi, j'ai roulé sur moi-même à quelques reprises, avant d'arriver à l'autre bout de la tranchée, tout contre un Allemand. Je ne sais pas qui a été le plus surpris, lui ou moi. Comme mon *Sten* était enfoncé dans ses côtes, j'ai appuyé sur la gâchette en priant que quelque chose arrive, pour l'amour du ciel. Et devinez quoi ?

— Il s'est enrayé, le maudit, proposa l'un de ses copains, d'un air entendu.

— Non, hostie ! Le *Sten* a tiré, crisse !

Le soldat éclata de rire, comme si c'était la chose la plus drôle au monde. La plupart des hommes rigolèrent aussi. Manifestement, ils trouvaient hilarant que le pistolet mitrailleur *Sten* tire lorsqu'on appuyait sur la gâchette. Tout le monde tenait le *Sten* pour une arme capricieuse. Avec une certaine angoisse, je regardai à mes côtés le *Sten* que j'avais toujours bien entretenu et qui m'avait bien servi jusqu'à présent.

— Sûrement, y est fiable si y'est bien entretenu, m'enquis-je pour me rassurer.

— Crisse ! Tu peux le dorloter, le nettoyer, puis l'huiler autant que tu veux… Ça ne l'empêchera pas de foirer au pire moment, m'opposa le premier.

Tout le monde l'approuva. « Incroyable », me dis-je. Comme pour bien passer le message, un autre ajouta :

— Ça me rappelle la fois qu'on était en Belgique. Je venais de sauter un muret en pierre, quand je suis arrivé face à face avec un Boche. Comme de raison, mon *Sten* s'est bloqué juste à ce moment-là, maudite cochonnerie. Ça m'a mis tellement en crisse que je l'ai garroché de toutes mes forces, sans même regarder dans quelle direction. Je ne sais pas comment c'est arrivé, mais j'ai frappé le Boche en pleine face et ça l'a assommé raide.

— Pour une fois, il t'a servi à quelque chose, dit son vis-à-vis.

Encore une fois, tout le monde éclata de rire. Je fixai mon *Sten* à nouveau en me disant qu'un homme averti en valait deux. À mes côtés, Longueuil sourit, heureux comme un pape. Il avait un *Bren*, une arme plus lourde, mais apparemment plus fiable.

La guerre ne s'arrêtait pas, l'horreur continuait. Maintenant, plus on avançait en territoire allemand, plus on affrontait des troupes composées

  Les orphelins. Rémi à la guerre

d'adolescents et de vieillards. Un matin, on tendit une embuscade à trois camions de troupes allemandes lorsqu'ils s'arrêtèrent à un carrefour. Les tirs de mitraillettes et de lance-flammes eurent vite fait d'incendier les camions et de tuer la plupart des occupants, sauf quelques rares survivants, des vieillards recrutés dans l'armée du peuple d'Hitler. L'un d'eux aux cheveux blancs dirigeait encore une banque quelques jours auparavant. Une autre fois, arrivé à une ferme abandonnée, je donnai un bon coup de pied pour enfoncer la porte de la grange. Je vis du mouvement et m'apprêtais à tirer, quand j'eus la surprise de ma vie. Tout un peloton de jeunes Allemands en uniforme s'était levé, armé jusqu'aux dents avec des *panzerschrecks*[1], des mitraillettes et tout et tout. Ils avaient décidé de se défendre jusqu'au dernier, si des Russes approchaient, mais de se rendre aux Américains ou aux Anglais. Comme j'étais Canadien français, c'était aussi bon. Ouf! Je me comptai chanceux ce jour-là.

Après plusieurs jours de combats continus, privé de sommeil, j'étais tellement, tellement, tellement fatigué que je dormais en marchant, comme un zombi. Un obus aurait pu me tomber sur la tête sans que ça me fasse un pli. L'ennemi était en fuite et on le pourchassait sans relâche, avant qu'il ne puisse se regrouper. Notre énième objectif était de prendre une colline avec des maisons de ferme, ce qu'on réussit sans trop de problèmes. Toutefois, à la nuit tombée, les Allemands contre-attaquèrent avec des chars d'assaut panzer. L'attaque fut tellement violente que notre troupe fut

---

1. Le *panzerschreck* est une arme antichar portative.

refoulée en bas de la côte, où elle creusa en toute hâte des tranchées de tir. L'artillerie ouvrit le feu. Au moindre mouvement de l'ennemi, au moindre bruit des panzers, nos artilleurs redoublaient d'ardeur. « Rien ne va survivre à ça », pensai-je, impressionné par la fureur de la riposte. Au lever du jour, je contemplais le sommet de la colline où les bâtiments de ferme n'étaient plus que gravats fumants. Rien ne bougeait. Aucune trace de l'ennemi… Était-il parti ? Soudain, je vis une silhouette se profiler à l'horizon.

— On dirait un des nôtres, commenta quelqu'un.

En effet, coiffé du casque et revêtu de l'habit canadien de combat, l'homme descendait nonchalamment la côte comme s'il faisait sa petite promenade de santé matinale. « Pour l'amour du ciel, veux-tu bien me dire ce qui se passe icitte ? » me demandai-je. Comment se faisait-il que les Allemands le laissaient partir sans l'abattre ? Nous envoyaient-ils un émissaire ? Pourquoi ? Par bonheur, personne ne tira. Plus il s'approchait, plus je le reconnaissais.

— Ah ben câline de bine ! Tirez pas, c'est Longueuil, avertit Charlie, tout aussi surpris que moi.

Je n'en croyais pas mes yeux. J'avais été tellement sonné la veille que je n'avais pas remarqué qu'il n'était plus à mes côtés. Le sergent Drouin le rejoignit et j'entendis Longueuil demander, surpris de nous voir terrés comme des lapins :

— Mais qu'est-ce que vous faites là, bande de lâches ?

— Où t'étais ? s'informa le sergent, incrédule.

— Ben crime, je dormais dans ma tranchée.

Devant notre réaction interloquée, il ajouta :

– Ben, je vous le jure ! Je ne pouvais pas croire, à matin, que vous m'aviez laissé là comme un beau cave.

Je ne pus m'empêcher de rire. Vraiment, c'était bien lui. Il s'était endormi comme un bébé au milieu de la pétarade des armes à feu, des rugissements des panzers et du tonnerre des obus.

– Puis, les Allemands ? lui demanda le sergent. Comment ça se fait qu'ils t'ont pas fait prisonnier ? Pourquoi t'ont-ils laissé partir ?

– Parce qu'il n'y a pas d'Allemands, nous annonça Longueuil, le plus sérieusement du monde.

– Quoi ? T'es bien sûr de ça ?

– Pas âme qui vive. Beaucoup de morts, par exemple.

Puis sentant un certain scepticisme de notre part, il ajouta :

– S'il y en a qui veulent venir voir, suivez-moi, j'ai oublié ma gamelle dans la tranchée.

Sur ce, il se retourna et remonta lentement. En entendant la bonne nouvelle, le lieutenant nous ordonna de reprendre la côte au plus sacrant et de fortifier nos positions.

Après tout ça, je me dis : « Il y en a au moins un de nous autres qui a eu une bonne nuit de sommeil hier. »

CHAPITRE 5

Well, that's that, old chap [1]

À mon arrivée en Europe, j'avais hâte de participer au combat et de mettre en pratique tout ce que j'avais appris. Reste qu'il subsistait un doute dans mon esprit. Allais-je courir au front ou m'enfuir dès la première salve ? Grâce à l'entraînement, entouré de mes frères d'armes et en particulier de Longueuil et de Charlie, je fus soulagé de constater que je savais maîtriser ma peur, même si je ne pouvais pas la surmonter totalement. En fait, la peur ne me quittait jamais vraiment. J'avais beau la tasser dans un coin et l'enfouir au plus profond de moi-même, elle avait le don de réapparaître, d'envahir mes moments de quiétude et de hanter mon sommeil de cauchemars effroyables.

Au début, je pris ma participation à la guerre pour un emploi comme tous les autres et je m'imaginai qu'une fois cette saloperie finie, je retournerais tranquillement à la maison. Mais, après quelques jours de combats incessants, je pris conscience du péril. « S'il vous plaît mon Dieu, accordez-moi

---

1. Eh bien, ça y est, mon vieux.

une autre journée », suppliai-je souvent. Au bout d'un mois, j'aurais donné n'importe quoi pour me défiler. Pourtant, il n'y avait pas d'issue, quelqu'un devait faire le travail. Je ne savais pas comment les vieux, ceux qui étaient là depuis le tout début, faisaient pour continuer.

À partir du déclenchement de l'opération Véritable, je fus trop occupé à sauver ma peau pour réfléchir à mon cas. Au front, j'étais toujours sur mes gardes. La menace était constante et aléatoire. Un jour, je croisai Guédelle, une ancienne connaissance. Nous parlions du bon vieux temps au camp de Valleyfield lorsque, CRAC, il tomba raide mort dans mes bras. Normalement posté loin derrière les lignes, cet artilleur n'était que de passage alors que moi, je me promenais sous le viseur des francs-tireurs depuis des jours. Ç'aurait dû être moi, et pourtant... Un autre jour, les frères Lambert se chamaillaient à propos de pacotilles dans leur tranchée, tout près de la mienne. Je ne pus m'arrêter de rire en entendant leur comédie, digne des plus grands vaudevilles. Et FLAN ! Un tir direct de mortier les frappa et les frères Lambert, eux qui savaient si bien nous dérider, tant dans les instants monotones que dans les moments périlleux, étaient partis compléter leur numéro au paradis. Si le tir était tombé quelques mètres plus loin de mon côté, j'aurais été à leur place devant saint Pierre. Ainsi allait la guerre, jour après jour. Je constatai que, même en mettant scrupuleusement en pratique tout ce que j'avais appris à l'entraînement, en évitant les risques inutiles ou les missions impossibles et en gardant tous mes sens aux aguets en permanence, je n'avais aucune garantie d'en sortir indemne. À la longue, on finissait par se dire qu'on allait manquer de chance. « À quand mon tour ? » me trottait dans la tête plus que je ne l'aurais souhaité.

À force de subir quotidiennement une série d'épreuves traumatisantes, mon cerveau mit en marche des mécanismes de défense. Ma pensée altéra la notion du temps. L'avenir disparut en premier, puis le passé s'estompa. Tout l'espace fut accaparé par le présent, réduit à un continuum de blessures morales et psychologiques. Cette transformation s'était opérée de façon naturelle, pour diminuer mon anxiété face à un environnement hostile et me fournir une soupape de sécurité essentielle à mon équilibre mental. J'atteignis un état qui neutralisait toutes mes sensations. Les soldats ou les civils terriblement mutilés ou les cadavres gonflés jonchant le sol me laissèrent de plus en plus indifférent. L'odeur rance et omniprésente du sang et des corps en putréfaction disparut de mon répertoire olfactif. Je ne les sentais plus. Sourd aux cris, aux gargouillements, aux râlements et aux spasmes d'agonie des mourants, je m'étais déshumanisé pour survivre.

Qu'est-ce qui me donnait la force de dompter ma peur et de me lever, d'avancer et d'affronter l'ennemi ? L'entraînement aidait, avoir un bon commandant aidait aussi, être bien préparé ne nuisait pas non plus, mais je dirais que mes frères d'armes constituaient ma plus grande source de courage et d'inspiration. Leur détermination me donnait la force de continuer ; leur audace, leur hardiesse et leur grande abnégation, la volonté de me surpasser. Je m'étais battu à leurs côtés, j'avais compté sur eux autant qu'eux sur moi. Je savais qu'ils iraient jusqu'à accomplir l'inconcevable pour assurer ma survie et faire en sorte qu'on passe à travers ensemble. Cette troupe tricotée serré était devenue une entité guerrière absolue, dépassant la bravoure et la force des individus qui la composaient. Je ne pouvais pas laisser tomber mes frères. Sans eux, mes chances étaient nulles.

Avant chaque bataille, je me disais qu'il pouvait s'agir de mon dernier jour sur terre. Pire, je risquais de finir atrocement mutilé. Plusieurs aimaient mieux mourir que devenir estropié pour le reste de leurs jours, et j'étais parmi ceux-là. Comment continuer ma vie sans bras ou sans jambes ? Comment poursuivre, aveugle ou horriblement brûlé ? Seul dans ma tranchée, à attendre le signal de l'attaque, je devais composer avec une imagination cruelle qui s'amusait à me dépeindre les pires scénarios. Avant le combat, personne ne réagissait de la même manière. L'anxiété nous rongeait, amenant certains hommes à parler sans arrêt pour se soulager du stress, alors que d'autres se renfermaient, trouvant du réconfort dans le silence. Certains sentaient leur vessie toujours pleine même après avoir pissé pour la énième fois. D'autres avaient un urgent besoin de vider leurs boyaux ou refusaient de manger, de peur que la nourriture fasse pourrir leurs intestins plus vite suite à une blessure. Je me répétais que mon tour ne viendrait pas. D'autres mourraient, mais pas moi. Une chose était certaine, plusieurs d'entre nous mourraient. Selon les fatalistes, il ne servait à rien de s'inquiéter. Tout avait été décidé il y avait bien longtemps, par Dieu, par le destin ou par toute autre force surnaturelle.

Pour taire leur imagination débridée et malveillante, certains fredonnaient une chanson, relisaient une centième fois les lettres reçues depuis longtemps, caressaient un talisman ou jouaient une dernière partie de cartes. Dans mon cas, avant chaque bataille, je sortais de ma poche la pierre de mon père, ce petit caillou que j'avais extrait du lieu de son supplice. En forme de goutte de sang, d'un beau rouge profond veiné d'argent et de couleur cuivre, elle était douce au toucher. J'aimais la caresser, la rouler entre mes doigts. Alors je ressentais un grand apaisement. J'avais l'impression qu'en la frottant, je demandais à mon père, à ma mère et à Luc-John de veiller sur moi.

*   *

*

Après un dur combat pour chasser les Allemands de Clèves, la troupe s'installa pendant quelques jours au château de Moyland, un merveilleux édifice entouré de douves et agrémenté de tours et de tourelles, qui avaient miraculeusement échappé aux bombardements aériens. Pour la première fois depuis des semaines, on pouvait se laver, se raser et dormir sous un toit, à l'abri des tireurs d'élite et des intempéries.

En quittant les lieux, le vieux gardien du domaine nous accusa d'avoir volé de précieux objets, dont le fameux calice de Luther. Ce fut le branle-bas pour trouver le ou les coupables. Tout le monde dut vider ses poches et son sac de paquetage. Le lieutenant Morris, promu major, et tous les gros bonnets se mirent de la partie pour faire des fouilles minutieuses. Le pillage était un crime sérieux dans la très royale armée de Sa Majesté, et les coupables se voyaient sévèrement punis.

Malgré toutes les recherches, nos supérieurs ne trouvèrent pas les items prétendument volés.

Comme de raison, ils découvrirent tout un bric-à-brac emporté par les hommes, surtout des souvenirs de guerre : des drapeaux nazis, des casques allemands et des Lugers. Le butin le plus inusité fut un élégant petit service à thé en porcelaine anglaise signé *Royal Albert*, de style victorien avec des bordures dorées et de jolies roses. L'ensemble était soigneusement enveloppé dans les vêtements du petit Guillaume, notre grand amateur de thé. Il avait été séduit par les Anglais qui se foutaient royalement des bombes leur tombant dessus, pourvu qu'ils aient une bonne tasse de thé à la main.

— Ben quoi ? Ça goûte bien meilleur dans de la porcelaine fine, expliqua-t-il.

Il trimbalait la belle petite théière, la tasse et la soucoupe depuis le débarquement de Normandie et espérait les rapporter chez lui. Éternel optimiste, Guillaume se promettait de finir la guerre en un morceau et, surtout, de jouir de son élégant service à thé, une fois revenu et assis sur la grande galerie de la maison paternelle à Saint-Blaise-sur-Richelieu. En regardant le délicat service sans fendillement ni égratignure, je secouai la tête d'incrédulité. Comment avait-il fait ? Il y avait sûrement un dieu pour les fous et les excentriques.

Lors des fouilles, ma petite pierre rouge sang attira l'attention du major Morris. Il l'examina sous toutes ses facettes et y passa même la langue.

— *Where did you get this*[2] ?

----

2. Où as-tu trouvé ça ?

– *A guiffe of my fattheure*[3].

Ma réponse, dans un anglais cassé, ne fit qu'amplifier la curiosité du major. Il voulut en savoir plus. Depuis quand l'avais-je ? Où mon père l'avait-il trouvée ? Dans quelles circonstances ? Il insista encore et encore. Finalement, je lui révélai que c'était une pierre de mon coin de pays, sans préciser davantage. Quelque chose m'incitait à la méfiance. À ma grande surprise, il s'adressa à moi en français, avec son accent franglais.

– Penses-tu pouvoir retrouver l'endroit ?

– J'pense bien que oui.

Il sembla satisfait, malgré mon haussement d'épaules agacé. Du jour au lendemain, ma situation au sein de la troupe changea. Le major me nomma son ordonnance, c'est-à-dire le soldat attaché à son service comme domestique militaire. J'aurais dû sauter de joie à l'idée de ne plus retourner au front, mais je fus loin d'être content de mon sort. Le poste d'ordonnance ne me plaisait pas, mais alors pas du tout.

Dans mes nouvelles fonctions, je devais, entre autres choses, transmettre les ordres du major à ses subordonnés dans mon anglais boiteux et anémique, nettoyer et presser son uniforme alors que je savais à peine manier un fer à repasser, et agir comme chauffeur bien que n'ayant jamais conduit une automobile. J'agissais aussi comme son garde du corps dans les zones de combat et je me chargeais de tâches diverses, que le major n'avait ni le temps ni l'envie d'accomplir. Au mieux, l'idée de devenir valet me paraissait une farce de mauvais goût. Au pire, j'y perdais la camaraderie de

---

3. Un cadeau de mon père.

Longueuil, de Charlie et des autres membres de la troupe. J'eus beau expliquer tout ça au major avec force détails, il n'y accorda aucune attention. Sa décision était irrévocable.

– *You can do it! You will do it*[4] *!*

Il précisa qu'O'Brien, son ordonnance actuelle, m'initierait à mes nouvelles tâches. C'était mal connaître le pauvre O'Brien, peu enclin à m'aider de peur d'aboutir au front à ma place. La transition ne fut pas facile. La grande patience du major Morris à mon égard me sidéra. Curieusement, il me pardonnait toutes mes gaffes et mes maladresses dans l'espoir de devenir mon ami. Mon nouveau poste me procurait un seul avantage : apprendre à conduire un véhicule sur les routes défoncées d'Allemagne et de Hollande.

Le major Morris ne m'avoua jamais qu'avant la guerre, il avait travaillé dans un magasin pour hommes, au centre-ville de Montréal. Il préférait plutôt évoquer ses origines quasi aristocratiques en tant qu'héritier mâle d'une riche et vénérable famille de Westmount. Il faisait partie de la haute société du *Golden Square Mile* de Montréal, qui s'était si vaillamment opposée à la venue de Conrad sur son territoire. Pendant des générations, les membres de la famille Morris tirèrent leur richesse des revenus de leur vaste domaine. Avec le temps, les rentrées de fonds provenant des terres et de la vente du bois diminuèrent considérablement, alors que les dépenses extravagantes du clan ne firent qu'augmenter, si bien que, petit à petit, ils vendirent la majeure partie du domaine pour maintenir leur train de vie. À la naissance du

---

4. Tu peux le faire ! Tu vas le faire !

major, l'avoir familial avait été en grande partie dilapidé. Dans l'espoir de rétablir la fortune familiale, son père vendit ce qui restait des terres pour investir à la bourse, un placement au rendement faramineux à l'époque. Après quelques années, l'avoir de la famille se mit à croître pour la première fois depuis des générations. Il put retaper le manoir qui en avait grand besoin et placer le jeune major dans la meilleure école privée de l'est du pays, le fameux Stanley College, dans les Cantons de l'Est.

Tout alla bien pour le jeune Morris, jusqu'au matin où le Krach boursier de 1929 emporta la fortune familiale et du même coup son père, cardiaque. Après avoir remis la grande maison aux créanciers, sa mère tomba gravement malade et nécessita des soins dispendieux. Le jeune Morris fit le tour des amis de la famille pour quémander un emploi, comme secrétaire ou à tout autre poste. Il se buta à des portes closes. Les rares personnes qui le reçurent invoquèrent la crise économique pour justifier leur refus. Finalement, il se dénicha un poste de commis au rayon pour hommes d'un grand magasin. Même si l'emploi s'avérait indigne d'un Morris, l'avoir trouvé tenait du miracle. En fait, les emplois étaient rares et le taux de chômage dépassait les trente pour cent.

Après avoir payé les soins médicaux de sa mère, Morris disposait à peine de quoi s'offrir une chambre et pension dans un quartier ouvrier de Montréal. Il en voulait au monde entier pour la grande injustice dont il était victime et se promit qu'à la première occasion, il rebâtirait la fortune et l'honneur de la famille. Enfin, le destin lui sourit. On venait de déclarer la guerre! Ses aïeuls ne s'étaient-ils pas enrichis grâce à leurs exploits militaires, à une époque où les vainqueurs s'emparaient de richesses phénoménales ? C'était à son tour d'en faire autant. Encore mieux, avec moi, il détenait le filon qui assurerait sa réussite.

En me nommant son ordonnance, le major Morris faisait tout en son pouvoir pour me mettre hors de danger.

– Après la guerre, j'aimerais ça voir ton coin de pays et parcourir les sentiers de trappe avec toi, me dit-il un jour. Sait-on jamais, peut-être qu'on aura la chance de trouver de nouvelles pierres rouge sang. La tienne est tellement belle que j'aimerais bien en avoir une moi aussi. Ça me ferait tellement plaisir.

Il insistait beaucoup là-dessus : se procurer une pierre semblable à la mienne. Le major faisait même des efforts pour me parler en français, lui qui, depuis notre arrivée en Angleterre, n'avait cessé de nous casser les oreilles avec sa piètre imitation du lourd accent *british*. Son changement à mon égard me dépassait, alors qu'il était toujours aussi fat, imbu de lui-même et méprisable envers les autres. Tout ça ne fit qu'attiser ma méfiance. Je regardai cependant ma petite pierre avec un nouvel intérêt.

Tous les soirs, le major Morris se présentait au quartier général du lieutenant-colonel pour réviser la stratégie du lendemain. En cette fin avril, je pus l'accompagner dans le sous-sol à peine éclairé d'une maison de ferme en partie détruite. Là, pour la première fois, je rencontrai le fameux lieutenant-colonel « Atten… Shun » Martin, debout derrière une table recouverte d'un plan de bataille. Il décrivait en détail les prochaines étapes de l'opération, d'une voix calme, posée et bien modulée. Rasé de près, les cheveux bien peignés, la cravate nouée parfaitement, les vêtements propres et repassés, il reflétait l'ordre et la confiance. Je ne pus qu'admirer son calme et son assurance. On prétendait que, même en pleine bataille, sous une pluie de boue, de sueur, de sang et d'éclats de restes humains, il demeurait impeccable. On m'aurait dit qu'il pouvait marcher sur l'eau et je l'aurais cru, tellement il respirait la force et la détermination. À la fin de son exposé, comme il passait en revue les dernières consignes du haut commandement, il termina par ces mots :

— Messieurs, nous devons continuer à harceler l'ennemi sans répit, jusqu'à l'anéantir une fois pour toutes.

Puis s'attardant un instant sur les regards cernés d'épuisement des commandants de compagnie qui, à peine capables de se tenir debout, s'appuyaient aux murs pour l'écouter, il ajouta :

— Je sais que vous êtes tous fatigués, très fatigués. Je comprends qu'une pause serait bien méritée après tant de mois à chasser sans relâche les nazis d'une partie de l'Allemagne et maintenant de Hollande. Je vous demande un dernier effort, nous y sommes presque.

Ces mots magiques, NOUS Y SOMMES PRESQUE, ragaillardirent les commandants, tous bien décidés à exécuter les ordres de leur mieux. Ils savaient le lieutenant-colonel conscient de leur extrême fatigue et appréciateur de l'effort supplémentaire qu'il leur demandait ainsi qu'à leurs hommes. « Et si cette fois était la bonne, semblaient-ils tous se dire. Nous y sommes presque. »

Tard en après-midi, notre compagnie se buta à des forces ennemies bien déterminées à défendre Niewland, en Hollande. Pour contrer cette résistance, on commanda aux hommes de monter à bord de transporteurs blindés, une espèce de char d'assaut décapité, pour exécuter un mouvement rapide de contournement et couper la principale route de ravitaillement des Allemands. Accompagné du major, je filai à vive allure dans un blindé plus léger. Même le pied au plancher, je ne réussis pas à rattraper les troupes.

À notre droite, se détachant sur un ciel rouge de fin de soirée, apparurent les tours de guet d'un immense camp de concentration entouré par une haute barrière de barbelés. C'était le camp de regroupement et de transit de Westerbork, le plus célèbre des camps de concentration hollandais, un centre de rassemblement des Juifs. Au-delà de cent mille hommes, femmes et enfants, dont Anne Frank, furent déportés de cet endroit pour être exterminés en Pologne.

Les transporteurs de troupes passèrent devant le camp à toute vitesse sans trop attirer d'attention. À l'approche de mon véhicule, les prisonniers sortirent à la hâte des baraquements et se regroupèrent à l'entrée du camp. Quand nous arrivâmes à leur hauteur, ils ouvrirent la grille et envahirent la route. En un instant, nous étions cernés par des hommes et des femmes émaciés, criant et pleurant de joie. Des bras squelettiques se tendirent pour me toucher. Des mains tremblantes caressèrent le blindé pour bien s'assurer qu'il était vrai. Alors je me mis à leur lancer tout ce que j'avais sous la main : des tablettes de chocolat, des cigarettes, des boîtes de conserve et de lait condensé. Pendant

   Les orphelins. Rémi à la guerre

ce temps, le major ne cessa de me crier de les contourner pour rattraper les transporteurs qui disparaissaient au loin. Mais comment ? La masse de personnes délirantes aux yeux fiévreux de bonheur devenait de plus en plus dense. En désespoir de cause, le major sortit son revolver, tira dans les airs, puis brandit son arme en hurlant comme un dément.

– *Clear the way! Clear the way*[5] *!*

Les femmes et les hommes autour de nous réagirent avec stupeur. Ils se mirent à gémir et à pleurer en secouant la tête d'incrédulité et en joignant les mains en signe de supplication. Ces gens, qui hier à peine vivaient sous le joug tyrannique et sans merci des gardes SS, semblaient nous dire que nous ne valions pas mieux que ces monstres. Alors, le major se rendit compte de l'insensibilité de son geste et remit son pistolet dans l'étui. Il demanda d'une voix forte, dans son style *british* le plus pur :

– *Does anyone here speak English*[6] *?*

– *A little*[7], fit un homme en levant timidement la main.

Le major lui demanda d'expliquer aux autres qu'ils devaient dégager un couloir pour nous permettre de continuer notre route.

– *The war is not over. I must catch up with my men on their way to fight the Germans up ahead*[8].

---

5. Dégagez ! Dégagez !

6. Est-ce qu'il y a quelqu'un ici qui parle anglais ?

7. Un peu.

8. La guerre n'est pas finie. Je dois rattraper mes hommes qui s'en vont attaquer les Allemands, un peu plus loin en avant.

Une fois ces paroles traduites, la foule applaudit et s'ouvrit comme par magie. Je remis le moteur en marche. En passant devant tous ces êtres malades et affaiblis par la faim, qui ne cessaient de nous crier leur remerciement et leur gratitude, je me sentis comme un grand libérateur. Les transporteurs en avant avaient disparu, mais leurs traces demeuraient bien visibles. Nous poursuivîmes notre route sans un mot, chacun hanté par le spectacle qu'il venait de voir.

* *
*

Trouver tous les soirs un cantonnement pour le major et ses officiers faisait partie de mon rôle d'ordonnance. Dans les pires moments du combat, il pouvait s'agir du sous-sol d'une maison en ruine. Mais, plus on approchait de la fin, plus il devenait possible de repérer des résidences somptueuses. À Almere, on s'arrêta chez un industriel allemand. Les nazis avaient mis la main sur les complexes industriels hollandais et nommé de fervents sympathisants pour les gérer dans le cadre de l'effort de guerre. La maison du directeur général de la Günter K. Produits chimiques et pharmaceutiques était un château en pierre grise et en brique rouge, avec des dépendances et un jardin enchanteur.

L'endroit était désert. Armés de mitraillettes, le sergent Drouin et moi entrâmes dans le château pour inspecter les lieux. L'intérieur se révéla tout aussi richement et somptueusement décoré que l'extérieur était princier. Dans le grand salon se dressaient des colonnes blanches avec des bas-reliefs en or. Les fenêtres étaient drapées de rideaux rouge et or, en velours et de coupe italienne. Les moulures et les guirlandes dorées du plafond entouraient une fresque de la déesse Athéna, casquée, assise dans les cieux. De chaque côté scintillaient d'énormes lustres en cristal. Un moelleux tapis persan aux motifs d'arabesques rouge et or sur fond clair, recouvrait le parquet superbe fait de panneaux de chêne hexagonaux.

La tranquillité du décor était brisée par les Tifff Tifff Tifff rythmés de l'aiguille du phonographe, au bout de la rainure d'un disque. La 9e Symphonie de Beethoven s'était tue. Sur une causeuse était assis un couple dans la soixantaine, lui en smoking et nœud papillon, elle en robe de soirée bleu-azur avec des brillants. Le visage serein, ils étaient avachis comme s'ils s'étaient assoupis. Sur la table à café reposait un chandelier à trois cierges allumés, deux verres de champagne et une bouteille de Veuve Clicquot, et tout près, un petit coffret en argent ouvert, avec de la ouate. Drouin la sentit, haussa le sourcil droit et annonça :

– Odeur d'amandes amères... Hum ! Empoisonnement au cyanure.

J'avais entendu dire que des nazis fanatiques préféraient s'enlever la vie que vivre la honte de la défaite. Cependant, le voir en chair et en os m'impressionna. Nous poursuivîmes notre fouille de la maison. Il n'y avait rien de particulier au rez-de-chaussée, mais dans l'une des chambres au premier, on trouva sur le lit le corps d'une femme dans la trentaine serrant dans ses bras ceux de deux petites filles, l'une de trois et l'autre de cinq ans environ. Elles étaient habillées de belles robes rose et bleu pastel avec des dentelles blanches. Ça me fit penser à des ensembles de Pâques. Tristement, elles ne les portaient pas pour fêter la résurrection, mais pour une occasion bien plus sinistre, la venue de la grande faucheuse. Je trouvai particulièrement pénible de voir ces enfants aux visages angéliques entourés d'une chevelure blonde bouclée, éteints pour toujours. C'était le même scénario qu'en bas : empoisonnement au cyanure. Au nom de quoi et en quel honneur, je n'aurais su le dire, sans doute une autre de ces erreurs de jugement typiques de la mentalité de guerre.

Dans le quartier des serviteurs sous les combles, les cris et les coups frappés contre une des portes de chambre attirèrent notre attention. Lorsque j'ouvris, deux femmes se précipitèrent sur nous en criant, dans un état de panique hystérique. Elles n'arrêtaient pas de nous casser les oreilles, le regard désespéré de ne pouvoir nous communiquer quelque chose d'urgent. Je réussis à les calmer un peu. La plus vieille articula lentement quelques syllabes, croyant que l'on comprendrait mieux.

— *Gás! V...nto de gás!* Boom! Boom! *Gás! Da?*

— Du gaz ? lui demandai-je, incertain.

— *Da*, acquiesça la femme en faisant oui de la tête, tout heureuse de ma réaction.

— Coudon, Sergent, avez-vous senti du gaz en entrant dans le château ?

— Pas une miette, répondit l'autre en faisant la moue.

— Pas GAZ, dis-je aux femmes, en faisant signe qu'on n'avait rien senti d'anormal.

Les deux femmes nous regardèrent incrédules et reprirent à toute vitesse :

— *Gás! Da! Da! Plecam de aici repede!* Boom! Boom!

C'était du charabia pour nous. Découragées, les femmes abandonnèrent. Nous les obligeâmes à nous suivre pour le reste de l'inspection du château. Il était clair qu'elles auraient préféré fuir à des kilomètres de là, ce qui nous fit réfléchir. Peut-être valait-il mieux interrompre notre recherche ? En descendant au sous-sol, on entendit un bruit sourd provenant de la chambre froide, barrée d'un cadenas, que je brisai. Un homme assez âgé en sortit, heureux d'être enfin libre. Sans attendre, les deux diablesses se précipitèrent pour couvrir le pauvre de ce qui sembla être des injures. Les *gás* et les boom ! boom ! résonnèrent de nouveau. Soudainement, les deux femmes se turent et encouragèrent le vieil homme à parler. Il dit finalement, dans un français approximatif :

— *Franceza?* Je parle un peu.

— Français, oui, répondis-je, en faisant signe que je comprenais.

— Ah, dit-il, soulagé avant de continuer. Elles disent fuite gaz... château boum boum, comprendre ? *Da?* Partir vite, avant BOUM BOUM, *Da?* ajouta-t-il en mimant une grande déflagration.

Je lui répondis que, pendant nos recherches, nous n'avions pas senti de gaz. Il me regarda un instant puis reprit un vif échange avec les deux femmes. À la fin, tous trois rirent de bon cœur, les larmes aux yeux. Je me sentais comme un idiot à les regarder faire. Drouin commençait à perdre patience. Enfin, le vieux monsieur nous expliqua le quiproquo.

Alexandra, une des servantes, avait entendu la maîtresse de maison s'attrister de voir le château monter en flammes. Nadia avait vu le maître s'affairer autour du four, pendant la matinée. Elle croyait qu'il avait ouvert les gaz après les avoir enfermées dans la pièce du haut. Pendant leur discussion, le cuisinier se rappela qu'il avait fermé la conduite du gaz au sous-sol quelques minutes avant d'être enfermé à son tour dans la chambre froide. Par un heureux hasard, il avait prévu réparer l'un des brûleurs de la cuisinière ce matin-là. Quand ils s'aperçurent que la catastrophe avait été évitée, ils ne purent s'empêcher de s'esclaffer, soulagés. Je compris alors la raison du chandelier allumé dans le grand salon. Sans doute, le nazi avait espéré qu'il y aurait assez de gaz accumulé dans le château pour tout faire sauter, du moment que les vapeurs de la fuite atteindraient les flammes des bougies. L'explosion aurait ainsi effacé toute trace de leur acte ignoble.

Les trois serviteurs étaient d'origine roumaine, des prisonniers esclaves. Avec la guerre, Serban, le vieux monsieur, fut contraint de remplir les fonctions de cuisinier et de majordome de cette grande maison, alors qu'Alexandra devint la femme à tout faire et Nadia, la plus jeune, la bonne d'enfants. Elle fondit en larmes en apprenant le décès de ces malheureuses.

— Elle pas responsable mort enfants, précisa le Roumain. La mère a obligé elle mettre poudre amande dans crème glacée. Jamais elle penser mère ferait ça à petites filles.

Serban expliqua ce qu'il avait compris de la tragédie. Convaincu par la propagande nazie que les troupes alliées étaient sanguinaires, le riche industriel aurait réussi à persuader sa femme et sa fille que le suicide était préférable à d'horribles tortures suivies d'une mise à mort aux mains des Anglais. Dans le grand hall, je regardai les photos d'avant-guerre de la jeune femme, prises à Paris, à Londres et dans plusieurs capitales de l'Europe. J'avais de la difficulté à comprendre comment une personne qui avait parcouru le monde avait pu croire que nous étions des barbares cruels, prêts à violer et à tuer des enfants de trois et de cinq ans.

— Avez-vous capturé M. et Mme Boreman ? me demanda gravement le vieux cuisinier.

— Non, ils étaient morts à notre arrivée, leur corps est dans le grand salon.

— Puis-je les voir ?

Curieusement, parfois dans la vie, nos bourreaux deviennent nos amis, et ça semblait être le cas pour le vieux Serban et les Boreman. Je l'accompagnai au salon où il s'approcha gravement des défunts, s'arrêta pour se recueillir, puis se mit au garde-à-vous pour entonner ce qu'il m'avoua, plus tard, être l'hymne national roumain :

Éveille-toi, Roumain, du sommeil de la mort
Dans lequel t'ont plongé les barbares tyrans.
Maintenant ou jamais construis-toi un autre
destin
Devant lequel se prosterneront aussi tes
cruels ennemis...

Une fois le chant terminé, je fus surpris de le voir s'approcher des corps comme pour leur baiser les joues. À quelques centimètres, il cracha violemment à la figure, aussi bien de l'homme que de la femme. Les TOUF TOUF sonores de haine firent écho dans la pièce, un vrai choc pour moi. Puis, Serban se redressa dignement et quitta la pièce la tête haute, d'un pas lent.

*   *
*

En temps de guerre, il n'y avait pas de scrupule à réquisitionner un endroit où, quelques heures auparavant, des gens étaient morts. En quelques instants, les corps furent descendus dans la chambre froide au sous-sol. Le grand salon et la chambre au premier furent rafraîchis pour l'arrivée du major. Morris m'avait informé de la venue du lieutenant-colonel « Atten... Shun » Martin en soirée. Tout devait être impeccable et le meilleur repas servi. Serban, Alexandria et Nadia insistèrent pour nous préparer un festin digne de la royauté.

La salle à manger impressionnait par ses murs en marbre saumon et ses ornements dorés. Au-dessus de l'immense cheminée, un grand espace blanc rectangulaire soulignait l'endroit où trônait la veille le portrait d'Hitler. La longue table en noyer fut dressée avec la plus belle nappe, la coutellerie, la verrerie et la vaisselle d'apparat. Un fumet appétissant monta bientôt de la cuisine. Rien n'était trop beau, ni trop bon pour nous. Sur le manteau de la cheminée, un petit appareil radio transmettait une émission de variétés de la BBC. Alexandra remplit tous les verres en cristal de Moselle et s'éloigna. Le lieutenant-colonel « Atten... Shun » Martin se leva pour porter un toast, mais avant qu'il puisse dire un mot, la musique s'arrêta brusquement et une voix féminine annonça :

— Nous interrompons ce programme pour un message très important. Le maréchal Montgomery vient d'annoncer la reddition de toutes les forces allemandes en Hollande, dans le nord-ouest de l'Allemagne et au Danemark. Le cessez-le-feu entrera en vigueur à huit heures demain matin, le 5 mai. Nous répétons ce message très important…

Debout à l'entrée de la salle à manger, je demeurai stupéfait et sans voix. Depuis le temps qu'on l'attendait celle-là. Je ressentis un profond soulagement et aussi une grande gratitude à l'idée de finir cette maudite guerre en vie. Exceptionnellement, j'eus droit à un verre de Moselle pour le toast. Le lieutenant-colonel Martin se leva et fit un très beau discours à la paix, sans oublier d'évoquer la mémoire de nos camarades morts pour nous accorder cet instant de bonheur. Pensivement, je vidai mon verre. Pendant un long moment, personne ne parla. Puis, l'aumônier militaire, le père Mitchell, demanda :

– Mon cher major Morris, comment avez-vous su qu'il fallait dresser une si belle table ?

Le major rougit, heureux. Il n'aurait pu mieux tomber. O'Brien se tourna vers moi, pour une fois aimable :

– *Well that's that, old chap. The war is over*[9].

Eh oui ! C'était bien fini. Il n'y aurait pas de rencontre pour recevoir les ordres de marche du lendemain, ni ce soir, ni les autres à venir. Plus tard, je trouvai curieux de me préparer pour le lit sans entendre le grondement sourd des canons ou la pétarade des fusils. Les armes s'étaient tues quelques heures avant la fin officielle des hostilités. Je m'arrêtai un instant pour apprécier pleinement toute la félicité du silence. Puis, je redécouvris avec joie l'étrange sentiment de me sentir en sécurité.

9.	Eh bien, ça y est mon vieux. La guerre est finie.

Le matin, je ne serais plus réveillé par les tirs et je n'aurais plus à m'habiller en toute hâte, souvent sous la pluie et les balles, maudissant tout bas la guerre, toujours la guerre.

En descendant à la salle à manger le lendemain, j'entendis le fracas des canons au loin. Mon cœur s'alourdit comme une pierre. « Dis-moi pas que la guerre est recommencée. » Mais non, les artilleurs avaient décidé de marquer à leur façon la fin du conflit. À exactement huit heures, ils tirèrent une salve d'obus de fumée rouge, blanche et bleue, aux couleurs de la victoire, dans le *no man's land*. Ils se prévalurent ainsi de la gloire de tirer le tout dernier coup de feu sur le front occidental de la Seconde Guerre mondiale.

Il n'y eut pas de célébrations bruyantes dans notre campement. Les gens savouraient silencieusement la fin des combats et le fait d'avoir survécu alors que des copains « bien meilleurs qu'eux » n'avaient pas eu cette chance. Enfin, je n'aurais plus à porter mon casque de militaire. Sans son poids sur ma tête, j'avais l'impression d'être plus léger et d'avoir grandi d'un mètre.

CHAPITRE 6

La pierre de sang

Le lendemain, dimanche 6 mai, il pleuvait. Dans les granges et les hangars des environs, des milliers d'hommes en tenue de combat s'agenouillèrent pour réciter des prières de remerciement, pendant les services commémoratifs de leur régiment. Avec une centaine des miens, dans la vaste salle d'une dépendance du château, j'écoutai le lieutenant-colonel « Atten… Shun » Martin lire la liste des morts, d'une voix grave et profonde.

— Rénald Marchand…

Je pensai, attristé, aux frères Lambert qui s'envolèrent en éclat après un tir de mortier, à l'artilleur Guédelle, qui tomba dans mes bras, la cible d'un tireur d'élite, puis à Marco, sérieusement blessé ainsi qu'à tous les autres. Comme tout le monde autour de moi, je restai profondément ému et sonné le reste de la journée.

Le 8 mai fut officiellement déclaré le jour de la Victoire en Europe. L'unité se rassembla dans le jardin du château, pour entendre le discours radiodiffusé de Sa Majesté George VI, roi du Royaume-Uni et des Dominions britanniques d'outre-mer, et empereur des Indes. Étonnamment, il n'y eut aucun cri de joie ni de célébration. Malgré les occasions illimitées de dormir, plusieurs ne purent trouver le sommeil, déconcertés par l'absence de déflagration. Ceux qui tombèrent dans les bras de Morphée se mirent à faire des cauchemars, eux qui ne se rappelaient pas avoir rêvé depuis des mois.

Ces premiers jours de paix avaient quelque chose d'irréel et de déboussolant. L'urgence de creuser une tranchée de tir perdit soudainement toute son importance, ce qui créa un grand vide. De temps en temps, une vague de joie me submergeait. Alors que la mort était passée si près de moi tant de fois, emportant plusieurs de mes camarades, j'avais survécu. Je me demandais ce que Luc-John aurait pensé de tout ça. Quel conte aurait-il raconté, quelle légende se serait-il rappelée pour m'expliquer la grande folie des hommes ?

La guerre m'avait gardé tellement occupé, que j'avais oublié de m'ennuyer et d'avoir le mal du pays. La paix revenue, l'ennui me serrait tellement le cœur que j'en avais mal. Personne de la troupe n'osait aborder le sujet, de peur d'ouvrir les vannes de ses émotions, car une fois ouvertes, comment les refermer ? Des larmes sur les joues des grands guerriers que nous étions devenus seraient sûrement mal vues. Toujours est-il qu'on n'en parlait pas, mais on avait hâte en crime de retourner au pays.

Je ne crois pas que je serais revenu de la guerre sain d'esprit, n'eût été des petits mots de Dorette. Elle avait tenu parole et m'avait écrit tous les mois depuis mon départ, me contant tout ce qui se passait dans son quartier de Montréal. La normalité de ses propos fut un baume puissant et apaisant

   Les orphelins. Rémi à la guerre

dans mon monde chaotique de sang et de mort.
J'avais répondu à ses lettres du mieux que je pouvais. Elle continuait ses études au secondaire. Les
bonnes sœurs auraient aimé la recruter dans leurs
rangs, mais elle s'y était gentiment opposée. Non,
Dorette avait d'autres ambitions. Elle se voyait
corriger des torts plutôt que de sauver des âmes.
La pratique du droit était sa vocation, même si les
portes des facultés étaient à peine ouvertes pour
les femmes. Pour Dorette, je doutais que ces res-
trictions posent un problème.

*　*
*

Maintenant que la guerre était finie, notre rôle
était de rassembler les soldats allemands dans des
camps, afin de démasquer les nazis soupçonnés
de crimes de guerre. Plusieurs de ces criminels
avaient revêtu l'uniforme du simple soldat, pour
éviter la justice. Quand son dossier militaire ne
contenait ni acte criminel ni lien avec la haute
direction nazie, un homme était libre de retourner
chez lui refaire sa vie.

Dans les camps d'internement, je remarquai
que les soldats allemands étaient loin d'être les
surhommes dépeints dans les films de propagande
projetés avant notre départ du Canada. Ils étaient
soit très jeunes – beaucoup dans leurs premières
années d'adolescence – soit à la fin de la cinquantaine ou plus âgés. La plupart des hommes dans la
vingtaine, la trentaine ou la quarantaine avaient
disparu depuis longtemps. Au lieu des Boches
arrogants et irascibles, je voyais des hommes
sous-alimentés, prêts à se jeter sur des restants de

table. Certains gardes s'amusaient à leur lancer leur mégot et rigolaient de les voir se battre comme des démons pour un bout de cigarette.

À un moment donné, on déplaça notre unité en Allemagne, pour superviser le territoire occupé. L'armée nous avait strictement interdit tout contact avec les civils allemands, sauf pour des affaires officielles. Bien que censés ne pas fraterniser avec eux, nous trouvions difficile de les ignorer. Il n'y avait rien de réjouissant à voir des enfants, qui avaient à peine de quoi se vêtir, quémander de la nourriture, ou à repousser des femmes prêtes à se donner pour quelques cigarettes ou un bout de pain. Je n'aimais pas voir ça et je méprisais ceux qui en profitaient.

Quand mes vêtements avaient besoin d'être lavés, je me présentais à la grille du camp militaire. Il y avait toujours là des femmes et des enfants disposés à se battre pour faire la lessive. Les plus forts partaient en courant avec nos paquets. Comme ils n'avaient pas de savon, j'en laissais un morceau dans le linge. S'il fallait recoudre un bouton ou repriser un vêtement, le travail était fait et bien fait. Le lendemain, quelqu'un revenait avec le linge lavé, repassé et reprisé. C'était parfois difficile de se rappeler qui s'était enfui avec le paquet. Je ne sais pas comment elles faisaient, mais nos blanchisseuses nous reconnaissaient toujours. Nous traitions avec des gens travaillants et honnêtes, vivant dans des circonstances abominables. En retour de leur service, on leur remettait du savon, des cigarettes ou tout autre article de première nécessité. On pouvait tout obtenir en échange de quelques cigarettes.

Comme je m'étais joint au combat parmi les derniers, je reviendrais au pays parmi les derniers. La guerre continuait dans le Pacifique et, selon les rumeurs, on enverrait notre unité à Marseille au mois d'août, pour prendre le bateau vers l'Asie et combattre les Japonais. Pour l'instant, il faisait bon de vivre en paix. Le major n'arrêtait pas de planifier mes affaires pour, dès notre retour au Canada, m'accompagner dans mon coin de pays. Comme serait grandiose et belle notre amitié! Cette perspective ne m'enthousiasmait pas autant que lui. J'essayais de passer mes journées aussi loin que possible de mon supérieur, ce qui n'était pas chose facile.

Je brûlais de me retrouver en compagnie de Longueuil et de Charlie, mais le major me confiait toujours des tâches pour m'éloigner d'eux. Enfin, un jour, comme je finissais mon quart de travail, je reçus l'ordre de me présenter au sergent Beaudoin, de la troupe A. « Qu'est-ce qu'il me veut celui-là? » me lamentai-je tout bas, ennuyé d'être dérangé pendant mon heure de repos. Le soldat de garde à la caserne me demanda de le suivre. Perplexe, je montai dans sa Jeep, curieux d'en savoir davantage, mais le soldat n'était pas bavard. Il embraya et démarra à toute vitesse. Vivement, je retins mon calot de campagne sur ma tête, de peur qu'il s'envole au vent. On traversa en Hollande. Le plat pays filait sous mes yeux, avec ses champs de fleurs sauvages jaunes, blanches et rouges. On ne pouvait demander plus beau coloris pour marquer la fin de la guerre. Je me cramponnais à mon siège, alors que le chauffeur s'amusait comme un fou sur la route défoncée. Puis, il s'arrêta brusquement devant une taverne, le *Rode Vos*[1], dont l'enseigne montrait le profil d'un renard en fuite. « Curieux de voir le totem de Luc-John ici », pensai-je, en me promettant de visiter la tombe de mon ami, une fois de retour au pays.

— Le sergent vous attend là-dedans. Amusez-vous bien !

Le soldat redémarra en faisant crisser ses pneus. « Me voilà bien pris, me dis-je, au milieu de nulle part, à des kilomètres du camp, pour rencontrer un idiot de sergent dans une taverne en partie endommagée par les récents combats. »

L'édifice ne datait pas d'hier et le patron avait installé son débit de boisson au sous-sol, un endroit sombre, sans fenêtre, au plafond bas. Un gros foyer et des chandelles aux tables éclairaient à peine les lieux. Il n'y avait pas grand monde là. Je fouillais la salle du regard à la recherche de Beaudoin, lorsque je vis dans un coin, Longueuil et Charlie en train de trinquer comme des bons.

— Ben maudite marde, qu'est-ce que vous faites ici, vous autres ? leur criai-je, tout heureux de les voir. Vous n'auriez pas vu un sergent Beaudoin quelque part ?

— Ben c't'affaire, il est juste là, devant toi, sol-dat, annonça Charlie en se levant et en y allant d'un « *Atten… Shun*[2] ! », suivi d'un salut militaire.

Je saluai à mon tour, spontanément. C'est alors que je remarquai les trois galons sur les manches de Longueuil. Je n'en fus pas surpris. Tout au long des combats, Longueuil avait été un meneur d'hommes.

---

1.   Renard roux.
2.   Garde-à-vous !

— OK! OK! Ma bande de mémères, vous allez m'arrêter ça. Charlie me fait le coup chaque fois.

— Eh bien, pour fêter ça, Longueuil, j'offre la tournée, dis-je, enchanté.

Lorsque l'aubergiste s'approcha, le nouveau sergent commanda :

— Trois *stelletjes*[3] !

Le serveur revint et déposa devant moi une chope de bière tiède douce et amère et un *borrel*, un petit verre en forme de tulipe, rempli à ras bord de *jonge genever*, du jeune gin servi frappé. Le genièvre, le gros gin comme on dit chez nous, est la boisson nationale des Hollandais et a un goût de genièvre, de cumin et d'anis. On fit cul sec du gin, suivi de belles lampées de bière. Merveilleuse au palais, la combinaison descendit sans que je m'en aperçoive. Charlie commanda une autre tournée qui, était-ce possible, descendit encore plus en douceur que la première. Et que dire de la troisième ! Tout aussi incroyablement, elle sembla une amélioration par rapport aux deux autres. Les choses devinrent plutôt floues à partir de là.

Nous étions en concurrence avec la table voisine de parachutistes, à savoir qui pouvait faire le plus de bruit et ingurgiter le plus de consommations en moins de temps. On avait commencé plus tard qu'eux, mais on les rattrapait à la vitesse de l'éclair. Je ne m'étais pas senti aussi bien depuis longtemps. Trois des cinq parachutistes partirent. Ensuite, on entendit des échos désobligeants de la part des deux qui restaient :

---

3. *Stelletje* signifie duo en néerlandais. Dans ce cas-ci, il s'agit d'un verre de genièvre et d'une bière.

— Bah! Bloody hell, French Canadians are a sorry lot. Couldn't fight their way out of a paper bag with their arse on fire. Wouldn't be surprised if they wore knickers under that wool[4].

Longueuil se leva comme propulsé par un ressort, prêt à bondir sur ces ingrats d'*English*. Charlie non plus ne tint plus en place. Ça sentait la bagarre à gros coups de bâton et pas rien qu'un peu. Inquiet de voir la police militaire nous tomber dessus, je tentai, tant bien que mal, de les calmer et de les encourager à quitter les lieux avant qu'ils ne se déchaînent. J'entendis alors l'un des parachutistes déclarer en riant que les pires de tous étaient ces maudits colons d'Ab...Bey...Tibb...Bee[5]. Je reçus l'insulte comme une claque en pleine face. La fumée me sortait par les oreilles et j'étais prêt à en découdre, accompagné de mes deux endiablés d'amis éméchés et piqués au vif.

— Si c'est un carnage qu'ils veulent, ils vont l'avoir... Paras ou non, on ne parle pas de même de nous autres.

Comme on se précipitait, prêts pour la Troisième Guerre mondiale, les deux paras s'esclaffèrent, ce qui nous mit encore plus en rogne. Ces maudits *English* allaient y goûter. Au moment où je m'apprêtais à foncer dans le tas, un des paras dit d'une voix railleuse, dans le plus pur accent de chez nous :

— Qu'est-ce qu'il y a mes p'tites poupounes, j'vous aurais-tu choquées un ti-peu ?

---

4.   Bah! Maudit que les Canadiens français font pitié! Ils ne savent pas se battre pour deux cennes. Je ne serais pas surpris qu'ils portent des petites culottes sous leur lainage.

5.   Abitibi.

Pour une douche froide, c'en était toute une. Ça nous arrêta net. Avait-on affaire à des salauds d'*English* ou à des boute-en-train bien de chez nous, qui se moquaient de nos gueules ? En combattant la vapeur d'alcool et en fouillant dans mes souvenirs, je crus reconnaître cette voix. Plus je scrutais son visage, ses yeux et son nez, plus j'entendais son rire… plus ma mémoire carburait. Il me faisait penser à quelqu'un, mais à qui ? Enfin, mon cœur fit un bond.

— Conrad, maudit sacrament, qu'est-ce que tu fais là ? m'écriai-je tout heureux, en lui sautant dans les bras.

Longueuil et Charlie me regardèrent, ne sachant plus s'ils devaient tabasser l'autre ou le prendre par le cou. J'avais désespéré de jamais le retrouver et voilà mon Conrad qui réapparaissait comme par enchantement.

Après m'avoir quitté, plus de trois ans auparavant, il s'était enrôlé dans l'armée, avait passé du temps en Angleterre à s'entraîner avant de se porter volontaire à la division aéroportée britannique. Il avait participé au débarquement en Italie, puis en Normandie et, plus tard, à l'opération désastreuse *Market Garden*, à Arnhem aux Pays-Bas, où il avait été chanceux de s'en sortir. J'eus du mal à le reconnaître. Il avait l'air maintenant plus petit, mais tout de nerfs et d'acier. Il se déclara surpris de me voir là, en uniforme, alors que j'étais si jeune. On se mit à parler du bon vieux temps et de nos projets pour l'après-guerre. Je lui parlai de sa carabine :

— Inquiète-toi pas, je l'ai bien huilée et graissée avant de l'entreposer. Elle attend ton retour avec impatience.

– C'est une bien bonne carabine, mais mon temps pour tuer est fini, dit-il en secouant la tête de dégoût. Je ne sais pas encore ce que je vais faire, mais je vais me tenir loin de la trappe, des fusils et de tout ça pendant un bon bout de temps.

Il s'enquit de mes projets. Je lui contai à quel point le major me poussait à retourner dans mon coin de pays avec lui. En voyant mon expression, Conrad comprit que j'étais loin d'être enthousiasmé. En entendant le nom du major, Conrad se contenta de dire :

– Un méchant moineau, mes condoléances.

Apparemment, le major n'avait pas bonne presse ailleurs dans le régiment. Tout en parlant, je montrai à Conrad la petite pierre rouge sang. Il la regarda longuement avant de la montrer à son ami qui, à son tour, l'examina attentivement avant de siffler d'appréciation. Marc – ou Gnac-gnac comme ses copains aimaient l'appeler parce qu'il s'était révélé grand buveur d'Armagnac au débarquement de Normandie – avait travaillé comme géologue avant la guerre. Il me remit la pierre, non sans me demander :

– Il y en a bien d'autres, des pierres de même, où tu l'as trouvée ?

Oui, fis-je de la tête.

– Bien t'es un homme riche, m'apprit-il avec un grand sourire. Une belle façon de finir la guerre !

Parler d'argent me dégrisa assez vite. Gnac-gnac m'expliqua que j'avais en ma possession une rhodochrosite, une pierre semi-précieuse relativement rare qu'on trouve normalement avec d'autres minerais comme de l'argent, du plomb et du cuivre. Les petites veines, une de couleur argent et l'autre de couleur cuivre, pouvaient indiquer des gisements de ces métaux tout près de l'endroit où je l'avais trouvée.

– Tu devrais faire un *claim* sur cet emplacement le plus tôt possible en revenant au pays, avant que quelqu'un d'autre trouve l'endroit et le réclame pour lui-même.

Devant mon regard interrogateur, il m'expliqua que, pour établir une exploitation minière, la première étape était de demander un *claim* au gouvernement. Ensuite, après exploration, il était possible de réclamer un bail minier permettant d'extraire toutes les substances minérales du site. Je compris alors pourquoi le major Morris insistait tant pour trouver l'emplacement du gisement. Il voulait faire un *claim* à son compte, et bonjour la compagnie !

– Ton père t'a fait un maudit beau cadeau, me dit Conrad en souriant.

Je n'y avais pas pensé et l'idée me plut que mon père m'ait fait un legs pareil. On continua à parler toute la soirée. Plus tard dans mon lit, je ne pus m'empêcher de conclure qu'en plus d'assurer ma fortune, la petite pierre m'avait épargné les pires batailles de la fin de la guerre en suscitant l'intérêt du major. Je compris que l'ombre protectrice de mon père avait plané sur moi pendant tout ce temps.

* *

*

On aurait pu penser qu'après plus de cinq ans de guerre et plus de cinquante millions de morts, la grande faucheuse aurait pris un petit répit, au moins quelques semaines de congé bien méritées sur la Côte d'Azur. Eh bien, non ! Des soldats avec trop de temps libre, trop d'alcool, trop d'armes à feu et trop de véhicules abandonnés surent l'occuper à plein temps. Les accidents furent plus mortels pour le régiment que les campagnes de la Hollande et de l'Allemagne combinées. Durant nos trois premières semaines en Allemagne, il y eut plus d'une cinquantaine de collisions, vingt hommes blessés et le triple de morts. Même le grand général américain, George S. Patton, mourut à la suite d'une collision frontale avec un camion. Non seulement des accidents d'automobile, mais aussi des morts bêtes et insolites survinrent, comme celle du soldat McTavish, le chauffeur du lieutenant-colonel « Atten…Shun » Martin, décédé en déboulant les marches du quartier général. Il n'était pas ivre, mais apparemment trop excité d'apprendre son retour à la maison.

Après son décès, on me demanda de me présenter au quartier général de l'armée où on m'assigna son poste. Pour une surprise, c'en fut toute une. Avec le temps, j'avais acquis mes lettres de noblesse comme chauffeur, mais certainement pas du calibre à servir un lieutenant-colonel.

— À la demande expresse du lieutenant-colonel, précisa l'adjudant, en voyant mon regard incrédule.

Je me suis demandé si Conrad n'y était pas pour quelque chose. Grâce à cette mutation, j'échappais aux griffes du major Morris, qui rua dans les brancards, mais sans succès. Le lieutenant-colonel avait le dernier mot. Le changement eut aussi comme conséquence de prolonger mon service en Allemagne, contrairement aux autres. Comme la guerre du Pacifique était finie, Conrad, Longueuil et Charlie rentrèrent au pays ainsi que le major Morris.

Un an plus tard, j'arrivai à Montréal quelques mois après eux, à temps pour Noël. Conrad, Longueuil, Charlie et Gnac-gnac, accompagnés de Mme Bonhomme et de Dorette, m'attendaient à la gare Windsor. Toute la compagnie se rassembla dans la grande salle à manger de Mme Bonhomme, pour un repas des Fêtes bien arrosé. Nous nous disions comment c'était bon d'être de retour au pays, comment les choses avaient changé et quels étaient nos projets d'avenir. J'étais heureux d'être entouré de tous mes amis et de retrouver Dorette.

De retour chez nous, en Abitibi, je fus attristé de voir que la forêt avait repris, en grande partie, le lopin de terre si vaillamment défriché par mon père pendant des années. Le petit chemin menant à la ferme avait presque disparu, gobé par les arbrisseaux et les arbustes. La maison et les bâtiments de ferme étaient encore debout, mais terriblement abîmés.

Dès ma descente du camion, je me précipitai au sommet de la colline du grand chêne. Le muret du cimetière avait tenu, alors que les mauvaises herbes avaient envahi les tombes. Des centaines de belles petites fleurs sauvages jaunes, sur de longues tiges, se balançaient doucement au gré du vent chaud, par cette belle journée ensoleillée de mai. C'était beau, et j'étais heureux d'être là. Les inscriptions sur les tombes en chêne avaient noirci, jusqu'à devenir à peine lisibles. Je me promis de les remplacer par de belles pierres tombales à la première occasion.

Je restai silencieux un bon bout de temps, à écouter les oiseaux à l'ombre du grand chêne. En bas de la côte, Longueuil et Charlie s'affairaient autour de la maison. Ils débarquèrent du camion une grande affiche annonçant la Société d'exploitation minière du Grand Nord, qu'ils prévoyaient installer au-dessus de la porte. Quelques mois plus tôt, j'avais reçu le *claim* permettant de procéder aux travaux d'exploration, et les premiers échantillonnages géologiques et géochimiques s'étaient révélés très prometteurs. Chacun avait alors mis ses économies gagnées pendant la guerre dans cette folle aventure. Conrad se trouvait à Montréal, en train de conclure les arrangements financiers pour le démarrage de notre entreprise minière alors que Gnac-gnac était à Québec, pour finaliser les étapes nécessaires à la délivrance d'un bail minier. On espérait être en pleine exploitation avant la fin de l'été.

J'aurais aimé dire tout ça de vive voix à ma mère, à mon père et à Luc-John. J'imaginais leurs réactions de joie, leurs embrassades et leurs encouragements. Lorsque je redescendis près de la maison, Charlie me dit un peu excité :

– On a trouvé une tanière de renards sous l'un des bâtiments. Longueuil pense qu'il y a des petits.

– Laissez-les tranquilles. C'est bon signe. Ça nous portera bonheur, lui dis-je, tout heureux.

Épilogue

Et voilà, j'ai fini l'histoire de ma vie, du moins sa partie la plus intéressante. Je ne vois pas ce que je pourrais ajouter. J'avoue que détenir un *claim* valant plusieurs millions avant d'avoir vingt ans m'a donné un coup de pouce. Surtout qu'un million, à cette époque-là, valait vraiment quelque chose. Heureusement, Mme Bonhomme et Dorette veillaient au grain et m'aidèrent à garder les pieds sur terre. Certains voudront savoir si je fus magnanime ou rancunier envers mon oncle. En fait, la question ne s'est jamais posée. Albert est mort dans un banc de neige après une nuit bien arrosée, pendant que j'étais à la guerre. Je ne le portais pas dans mon cœur, mais, tout de même, je ne lui en voulais pas tant que ça. Je n'ai jamais oublié la générosité de ma tante, soyez-en sûr. À son décès, plusieurs années plus tard, elle était bien entourée.

Dorette demeura aussi insaisissable qu'un oiseau-mouche, toujours crinquée contre quelque injustice, à courir à ses cours de droit et à faire du bénévolat. Eh oui, son sens de la justice sociale la mena jusqu'au barreau, pratique où elle excella comme de raison (voir si ça pouvait être autrement). Où trouva-t-elle le temps d'enfanter et d'élever trois beaux garçons, je vous le demande ? En tout cas, ils sont la fierté de leur père. Le premier a suivi mes traces dans le secteur minier, le deuxième a préféré suivre sa mère au barreau, alors que le petit dernier, l'égaré, travaille comme conseiller politique du député du coin, récemment promu ministre des Mines.

Mon ami Conrad me conseilla en matière de finance, et avec lui, pas de souci. Il s'était assagi en bourse. Pour faire damner les bonzes du *Golden Square Mile* et flatter son égo nationaliste, il mit le grappin sur un petit palace sur la pente du mont Royal, qui était rien de moins que gigantesque.

Les opérations de la mine allaient bon train sous la direction de Charlie et Longueuil. Ces deux-là n'avaient pas vraiment besoin de moi et, très franchement, je m'ennuyais du grand air. Alors je me mis à parcourir le territoire à titre de prospecteur. Chanceux, j'ai trouvé quelques gisements, mais rien de la catégorie de ce que m'a légué mon père. En dernier, je me promenais avec une caméra, à la recherche d'images parfaites de la nature et des animaux. Mes photos intéressèrent un éditeur qui en produisit des albums, un pour chaque saison de la belle forêt du Nord.

À un moment donné, la politique municipale m'interpella et je fus élu maire de Saint-Pascal pendant plusieurs mandats d'affilée. La localité n'était plus un petit village de campagne, mais une ville minière, et l'administrer accaparait tout mon temps. À un congrès des maires, un conférencier vint nous exposer les difficultés d'adaptation des autochtones dans un milieu urbain. Je crus reconnaître Luc-John en soutane et ne pus m'empêcher d'aller à sa rencontre. Je venais à peine de lui parler de mon grand ami lorsqu'il fut appelé par les organisateurs. En le quittant, je lui remis une de mes cartes d'affaires et, accaparé à mon tour, ne pus le revoir du congrès, oubliant même l'incident. Quelques mois plus tard, quelle ne fut pas ma surprise lorsque ma secrétaire m'annonça :

— Le père Matthieu est ici pour vous.

J'appris à connaître Sakay, une personne pressée de savoir ce qui était advenu de son grand frère. Par la suite, il sentit le besoin de s'arrêter chez nous chaque fois que ses missions l'appelaient dans le Nord. Souvent, je me demande ce que Luc-John aurait pensé de son cadet aujourd'hui. Il serait sûrement heureux d'apprendre que Sakay lui voue une grande admiration malgré leur différend.

Une vie enchantée, diraient certains avec raison et pourtant, il y a toujours un pourtant... Un soir, trop fatigué, j'ai fait une embardée sur l'autoroute, perdu une jambe, en plus d'être comateux pendant plusieurs jours. À part la disparition de mon père, ce fut la période la plus difficile de ma vie. Dorette veilla sur moi, et des fois, je me demande si ce n'est pas ça qui l'acheva. Les médecins parlèrent de cancer, la même maladie qui avait emporté sa mère. Un défaut de famille, probablement le seul que la belle Dorette n'ait jamais eu...

À propos de l'auteur

Qui aurait pensé qu'un jour, le petit Jean-Baptiste écrirait un roman ? À l'école, il ne pouvait même pas aligner deux mots sans faire de fautes. Son incapacité de comprendre les subtilités d'une langue aussi contorsionnée que le français lui fit doubler sa quatrième année et, comme si ce n'était pas assez, sa cinquième aussi. Un début pénible, direz-vous. Plusieurs se seraient contentés « du pic et de la pelle » pour gagner leur vie. Pas lui. Il adorait feuilleter les journaux et lire les BD. C'était peu et pourtant bien assez. Il se savait capable de réussir, s'il s'appliquait. Et comme il avait de l'ambition, il s'appliqua...

Originaire du village de Deschênes, sur les rives de l'Outaouais, en banlieue de Hull et d'Ottawa, Jean-Baptiste, à l'adolescence, s'amuse à composer des nouvelles et à faire de la poésie, ce qui lui donne le goût d'écrire. Au secondaire, il gagne le prix littéraire de sa classe pour l'un de ses poèmes. Au cégep, il écrit une pièce de théâtre, *Bingo*, largement inspirée des *Belles-sœurs* de Michel Tremblay. À l'Université de Sherbrooke, il obtient un Baccalauréat ès arts général (en lettres françaises et anglaises et en histoire), puis il en complète un autre en communication à l'Université d'Ottawa. Pendant ses études, il participe activement aux journaux étudiants à titre d'éditeur.

Il fait carrière dans la fonction publique, tant au provincial qu'au fédéral, dans le domaine de la protection du consommateur. Pendant ses temps libres, il joue au badminton et fait du vélo. Il participe à la fondation du club Vélo plaisirs de l'Outaouais, dont il rédige le journal *Info-vélo* pendant plusieurs années. Il est particulièrement heureux de voir que le club compte aujourd'hui plus de 600 passionnés de cyclisme.

Tout au long de sa vie, il s'acharne à maîtriser une langue capricieuse dans le but d'écrire un jour « au moins un roman ». Dans son écriture, sa grande passion est de relater l'histoire récente, son intérêt, la rendre captivante…

À propos de la couverture

Frank Wootton, *Convoy scene 1939-1946.*

Frank Wootton (1911-1998) est un artiste britannique qui s'est surtout fait connaître comme « peintre de guerre » au service de la Royal Air Force durant la Seconde Guerre mondiale.

Il s'était toutefois illustré, avant la guerre, par la publication de plusieurs livres sur l'enseignement des arts, notamment l'un sur l'art de dessiner des avions (*How to Draw Planes*) qui a connu un grand succès de librairie.

Après la guerre, Frank Wootton excellera aussi dans la peinture de paysages et de scènes équestres.

La peinture reproduite sur la couverture représente un convoi de navires marchands escorté par des bâtiments militaires, tels les nombreux convois qui ont traversé l'Atlantique au cours de la guerre et celui qui permet à Rémi d'arriver en Angleterre à l'automne 1944.

Table des matières

Les orphelins
Rémi et Luc-John

TOME 1

Roman de
Jean-Baptiste Renaud

Au milieu des années 30, Rémi, un jeune garçon se retrouve orphelin et est recueilli par un oncle très malcommode. S'enfuyant de chez lui, il rencontre sur son chemin Luc-John, un jeune Amérindien, qui s'est évadé d'un pensionnat autochtone et qui lui ouvre un monde rempli de légendes. Ensemble, ils tenteront de survivre dans les bois, avec l'aide de Conrad, un étrange trappeur, qui leur révélera ses secrets.

S'inspirant d'une histoire vraie, Jean-Baptiste Renaud signe ici un roman historique, riche en aventures, qui plongera les adolescents dans une époque trouble, secouée par une crise mondiale, mais suscitant aussi de beaux élans d'amitié et de solidarité humaine.

ISBN 978-2-89597-436-9 – 250 p. – 14,95 $

14/18
Collection dirigée par Renée Joyal

BÉLANGER, Pierre-Luc. *24 heures de liberté*, 2013.

FORAND, Claude. *Ainsi parle le Saigneur* (polar), 2007.

FORAND, Claude. *On fait quoi avec le cadavre?* (nouvelles), 2009.

FORAND, Claude. *Un moine trop bavard* (polar), 2011.

FORAND, Claude. *Le député décapité* (polar), 2014.

LAFRAMBOISE, Michèle. *Le projet Ithuriel*, 2012.

LAROCQUE, Jean-Claude et Denis SAUVÉ. *Étienne Brûlé. Le fils de Champlain* (Tome 1), 2010.

LAROCQUE, Jean-Claude et Denis SAUVÉ. *Étienne Brûlé. Le fils des Hurons* (Tome 2), 2010.

LAROCQUE, Jean-Claude et Denis SAUVÉ. *Étienne Brûlé. Le fils sacrifié* (Tome 3), 2011.

LAROCQUE, Jean-Claude et Denis SAUVÉ. *John et le Règlement 17*, 2014.

MALLET-PARENT, Jocelyne. *Le silence de la Restigouche*, 2014.

MARCHILDON, Daniel. *La première guerre de Toronto*, 2010.

OLSEN, K.E. *Élise et Beethoven*, 2014.

PÉRIÈS, Didier. *Mystères à Natagamau. Opération Clandestino*, 2013.

RENAUD, Jean-Baptiste. *Les orphelins. Rémi et Luc-John* (Tome 1), 2014.

RENAUD, Jean-Baptiste. *Les orphelins. Rémi à la guerre* (Tome 2), 2015.

ROYER, Louise. *iPod et minijupe au 18e siècle*, 2011.

ROYER, Louise. *Culotte et redingote au 21e siècle*, 2012.

ROYER, Louise. *Bastille et dynamite*, 2015.

Couverture : Frank Wootton, *Convoy scene 1939-1946.*
Photographie de l'auteur : Jeannine Clément photographe
Maquette et mise en pages : Anne-Marie Berthiaume
Révision : Frèdelin Leroux

www.ingramcontent.com/pod-product-compliance
Lightning Source LLC
LaVergne TN
LVHW010345200726

843507LV00010B/1651